U0541727

最高虚构笔记
华莱士·史蒂文斯诗精选

Notes toward a Supreme Fiction
Selected Poems of Wallace Stevens

[美]华莱士·史蒂文斯 著
西蒙 水琴 译

雅众文化 出品

目 录

译者导读　I

风 琴

19　尘世逸事

21　对天鹅的责难

22　在卡罗来纳

23　纤弱的裸女踏上春天之旅

25　针对巨人的阴谋

27　玛丽娜公主

28　黑色的统治

30　雪 人

31　一船甘蔗

32　蒙翁克勒的莫那克勒

39　威廉斯主题的色调

40　贵族的隐喻

42　睡岸芙蓉

43　佛罗里达趣事

44　又一个哭泣的女人

45　侏儒和美丽的星星

47	作为字母 C 的喜剧家
72	来自唐·朱斯特的痛苦
73	山谷里的蜡烛
74	千人逸事
76	事物的表面
77	高调的基督徒老妇人
78	孤鸫之所
79	玄学家屋里的窗帘
80	冰激凌皇帝
81	古巴医生
82	在红宫喝茶
83	十点钟的觉醒
84	星期天早晨
90	提灯笼的处女
91	解 释
92	六种意境
95	坛子逸事
96	青蛙吃蝴蝶。蛇吃青蛙。猪吃蛇。人吃猪
97	杨柳树下茉莉花美丽的遐想
98	文 身
99	风在移动
100	深紫色夜晚的两个人影
102	原 理
103	彼得·昆斯弹琴
107	观察黑鸟的十三种方式

112 士兵之死

113 超人的惊讶

114 公共广场

115 在晴朗的葡萄季节

116 印第安河

117 茶

秩序的概念

121 午餐后的航行

123 欢快的华尔兹悲伤的旋律

125 怎样活,如何办

127 挥别

129 秩序的概念,在基韦斯特

132 莫扎特,1935

134 灰色石头与灰色鸽子

136 首都的裸体

137 罗曼司的重演

138 读者

139 泥沙主人

140 恰似黑人墓地里的装饰

154 寄自火山的明信片

156 鱼鳞日出

157 巍峨城堡

158 欢乐的夜晚

弹蓝色吉他的人

161　弹蓝色吉他的人

189　那些正在倒下的人

世界的构成

193　诗是一种破坏的力量

194　我们气候的诗

196　两只梨子的草绘

198　玻璃水杯

200　干面包

202　垃圾堆上的人

205　作为幽灵之王的兔子

207　山中虚弱的心灵

209　穿睡衣的女孩儿

211　早上写的诗

212　俄国的一盘桃子

214　昔日费城拱廊

216　力量，意志和天气

218　美丽知识花束

220　夏日变奏

227　黄色的下午

229　论现代诗歌

231　到达华尔道夫

232　最美的片段

233　有节奏的诗

234　望着花瓶的女人

236　相反的命题（一）

237　相反的命题（二）

239　手作为一个生灵

驶向夏天

243　上帝善。这是美丽的夜晚

245　声音的特定现象

248　隐喻的动机

250　没有负鼠，没有面包片，没有马铃薯

252　某人斜倚在她的长榻上

254　缺乏休憩

256　野鸭，人们，距离

258　与何塞·罗德里格斯-费奥的谈话

260　极致政治家素描

261　友　嘉

262　生命和心灵的碎片

263　来自没药山的晚颂

265　扛东西的人

266　片　断

268　想起隐喻意象之间的一种关系

270　混乱在运动中，又不在运动中

272　房子安静，世界平静

274　与一个沉默的男人持续的谈话

276　渺小死亡镇民

- 277　人类的安排
- 279　来自阿纳卡西斯的口袋
- 281　对过去的偏见
- 283　努力发现生命
- 285　夏天的信物
- 294　最高虚构笔记

秋天的极光

- 337　秋天的极光
- 351　大红人阅读
- 352　开　始
- 354　乡下人
- 356　终极的诗是抽象的
- 358　球形原始体
- 364　隐喻作为退化
- 366　阳光中的女人
- 367　没有特点的世界
- 369　小小女孩
- 371　银镜金女
- 373　纽黑文一个寻常的黄昏

岩石

- 409　一位睡着的老人
- 410　爱尔兰的莫赫悬崖
- 411　关于事物素朴的感觉

413　绿色植物

414　拉弗勒里夫人

415　致罗马的一位老哲学家

419　公园里的空地

420　取代了一座山的一首诗

421　世界就是你所了解的那样的两种说明

424　可能的事情的序言

426　越过田野，望着鸟儿飞翔

429　世界作为冥想

431　冗长迟钝的诗行

433　宁静正常的生活

434　岩石

439　桌上的行星

440　康涅狄格州的河之河

442　不是关于事物的观念，而是事物本身

生前未发表的诗作

445　没有吉他的告别

446　病人

447　当你离开房间

448　一个清净明朗的日子，没有记忆

449　地方物品

450　一个在他生命中睡着的孩子

451　艺造人群

452　七月山

453 实在是至上想象的活动

454 关于单纯存是

新版译后记 455

译者导读

诗何以诗?

史蒂文斯（Wallace Stevens，1879—1955）赞颂诗，在无神的时代以诗代神，虽未直接回应柏拉图，却无疑是对其对诗的否定之否定。

诗人何以被逐出理想国？诗不真，乖于元象（εἶδος），只是仿品的仿品。诗在希腊语中是创造（ποίησις），却长期被视为模仿（μίμησις）。创造是诗的宿命与本分，却因此备受攻讦，以至西方反复有诗人为诗辩。

传说中华夏的夔能以音乐令百兽率舞，正如希腊的奥尔弗斯（Orpheus）。两者都是萨满，而萨满——可追溯到狩猎采集时代——是诗人的始祖，艺术家的原型，具有往来于此世与彼世的超越性。史前远古据信名与物在诗歌中合而未分，具有神性，如同神乐。人类语言巴别化（babelization）之后，诗人所用语言不再如往昔。

老子说："道可道，非常道。"这是浪漫佯语（romantic irony），似未说诗而说的正是诗：人道之于天道犹如诗之于元象。浪漫佯语出于词语与世界的离异，以及对一与多及相关的真之辩证。大象无形，异于诗的意象。道不当名，强名为"道"，终究假借传喻（metaphor，也译作隐喻）。诗是传喻：实在与想象相遇于传喻中，为传喻所结构，故而史蒂文斯说诗与实在是一。[1] 实在的结构是诗的结构，那么诗必然内在于实在。巴洛克（baroque）一点，如解构主义，那么可以说：诗之外无实在。

史蒂文斯说："感官以传喻／绘画。"[2] 又说："然而将整个世界说成传喻／依然是执着于心灵的内容。"[3] 诗之道——传统中的帕纳索斯之阶（gradus ad Parnassum）——在他眼中是传喻之阶（gradus ad Metaphoram）。新批评家说诗的语言是悖论的语言，强调的其实是诗的传喻性。[4] 尽管有日夜晨昏、万国民众、波浪、叶片和手，自然并不机械，其奇迹不在

---

[1] "Poetry is a part of the structure of reality. If this has been demonstrated, it pretty much amounts to saying that the structure of poetry and the structure of reality are one or, in effect, that poetry and reality are one, or should be." Wallace Stevens, "Three Academic Pieces", *The Necessary Angel: Essays on Reality and the Imagination* (New York: Alfred A. Knopf, 1951), p. 81.（本书脚注均为译注。）

[2] "The senses paint/ By metaphor." Wallace Stevens, "Poem Written at Morning", *The Collected Poems of Wallace Stevens* (1954; rpt., New York: Alfred A. Knopf, 1971), p. 219.

[3] "Yet to speak of the whole world as metaphor/ Is still to stick to the contents of the mind." Wallace Stevens, "The Pure Good of Theory", *CP*, p. 332.

[4] "The language of poetry is the language of paradox." Cleanth Brooks, *The Well Wrought Urn: Studies in the Structure of Poetry* (New York: Reynal and Hitchcock, 1947), p. 3.

于相同而在于相似，宇宙的再生产并非组装线，而是不断的创造。由此史蒂文斯认为自然中如是，传喻中亦如是。[1]用今天的话说，分形（fractal）之于自然犹如传喻之于语言：天道与人道分中有合，各道其道，生生不息。

史蒂文斯常被视为后浪漫主义时代的浪漫主义者，后象征主义时代的象征主义者。浪漫主义是诗的自觉，不再将心灵视为镜，而是看作灯，故而诗名正言顺是创造而非模仿。对史蒂文斯来说，浪漫主义不限于特定历史时期，而是诗的生命源泉及想象的必然模式。神虽死了，但他以神和想象为一。[2]诗是想象的艺术，说的事物没有词语便不存在。诗人以造语（wording）为造世（worlding）——宇宙诗创（cosmopoiesis）是诗人的职司。词语对人的经验而言并非次要而是首要：诗在这一意义上并非其语言，而是事物本身。现代性据说是世界的祛魔魅化（Entzauberung），而史蒂文斯诗的浪漫是世界的再魔魅化（re-enchantment），统一天人，弥合休谟分叉（Hume's fork），以诗的魔力让世界具有魅力。

德国早期浪漫主义（Frühromantik）是柏拉图主义的复活，与唯心主义关系密切，将绝对的视为理性或理念（Idee），而理念出于柏拉图元象。与此相

---

[1] "Because this is so in nature, it is so in metaphor." Wallace Stevens, "Three Academic Pieces", *NA*, p. 73.
[2] "We say God and the imagination are one…" Wallace Stevens, "Final Soliloquy of the Interior Paramour", *CP*, p. 524.

应，欧洲文学在十八世纪晚期转向了一种新的浪漫主义诗学，标榜象征与异言对立（symbol-allegory antithesis），崇尚前者而贬抑后者。象征作为同言（tautegory）正好与语言作为异言相对：象征不再被视为符号，而是被视为不言自明的直观之象。异言及物，象征不及物：带有符号性或能指（signans）与所指（signatum）之分的便不再是象征，故而象征性语言之说已自相矛盾。浪漫象征（romantic symbol）自身就是意义，所以并不传达意义。更有甚者，在源于爱伦·坡（Edgar Allan Poe）而成于法国象征主义的纯诗（poésie pure）中，纯即绝对，类于天籁，毫无语义内容，其形式确定而其所唤起的情绪及联系却不确定。

运用象征的便是象征诗人，比如说济慈（John Keats）和雪莱（P. B. Shelley），但他们并非象征主义诗人。萨特（Jean-Paul Sartre）说诗人是拒绝利用语言的人，不以语言为工具，其态度以词为物而非符。散文是符号之域，而诗与绘画、雕塑及音乐同归。[1] 散文隔而诗不隔：诗像这些艺术一样并非异言，无须符号媒介。换言之，现代诗有其形而上学，相信词语的实在性，否认其称指性。马拉美云："一朵

1　Jean-Paul Sartre, *Qu'est-ce que la littérature?* (Paris: Gallimard, 1948), pp. 17–18.

花！……不见于一切花束。"[1]象征犹如柏拉图的元象，当然不见于日常经验世界。后来依然有诗人谈诗艺说："诗不该意味（mean）/只应存是（be）。"[2]诗自我称指，自为目的：象征主义其实是一种浪漫主义。诗当无言，如石头的沉默或猫的好奇，犹云飞瀑落春去，若风吹麦穗或星耀水中，恰似万物之自在。

诗作为至上虚构必须既抽象又变化，而且给人快乐。[3]史蒂文斯像是结合巴门尼德（Parmenides）和赫拉克利特（Heraclitus），强调诗对存是（being）既要有抽象观念，又要有变化经验，犹如以抽象为体，变化为用，在理性和感性的体用不二中更新想象，给予快感。心灵与世界，想象与实在是史蒂文斯诗的核心主题，从黑鸟到蓝色吉他和海边歌女等莫不如此。诗在世界中通过艺术让人感受快乐，体验虚构的创造与消解，或者说诗的神奇。

史蒂文斯的诗具有喜剧精神，欢娱之辞多于愁苦之音，不过也不乏惶惑、低沉、怀疑、否定和伤感。史蒂文斯认为诗不必有意义，正如自然中的事物，故而读其诗当沉浸其中，随语言的进程——说及所

---

[1] "Je dis: une fleur! ...l'absente de tous bouquets." Stéphane Mallarmé, *Œuvres complètes*, ed. Bertrand Marchal, vol. 2 (Paris: Gallimard, 2003), p. 213.

[2] Archibald MacLeish, *Collected Poems, 1917–1982* (Boston: Houghton Mifflin, 1985), p. 107.

[3] "It Must Be Abstract" "It Must Change" "It Must Give Pleasure", Wallace Stevens, "Notes toward a Supreme Fiction", *CP*, pp. 380, 389, 398.

说——领略其意象，欣赏其视角，体验其节奏，在主动和被动中感受其世界的灵动，沐浴于其想象的光芒。当然，史蒂文斯是哲学诗人，其诗常是后诗（meta-poetry），即关于诗的诗，不仅值得玩味，同样值得思考。

史蒂文斯1879年生于美国宾州雷丁市（Reading, Pennsylvania），其长老派（Presbyterian）家庭在当地根系颇深。[1] 他在家里五个孩子中排行老二，父亲是律师，母亲是教师。童年时史蒂文斯常听母亲——她颇有宗教感——朗读《圣经》章节，弹钢琴和唱歌。他小学读的是教会学校，中学受的是古典教育。他在校成绩优异，表现出不俗的演说和文学才能。

1897年史蒂文斯入读哈佛时，校长艾略特（Charles W. Eliot）鉴于社会变化、经济发展、产业分工和技术进步已进行多年改革，有所取于欧洲大学并强调学术自由和进取精神，戏剧性地拓宽课程，增益设置，以选修制取代偏重古典的学理（Ratio Studiorum）必修制。桑塔亚纳（George Santayana）——他自视为最后的清教徒——等哈佛人不满这类向实用妥协的改革，而史蒂文斯自己更偏向艺术、音乐、哲学、语言等人文科目。如今看来，艾略特颇具胆识和远见，哈佛当时的课程广而不失

---

[1] See Joan Richardson, "Wallace Stevens: A Likeness", in *The Cambridge Companion to Wallace Stevens*, ed. John N. Serio (Cambridge: Cambridge University Press, 2007), pp. 9–10.

其本，折中而不偏废，史蒂文斯得以随心选课，不枉少年文艺性情。史蒂文斯在哈佛与桑塔亚纳相遇相识，两者甚至以十四行诗相互唱和及争辩。史蒂文斯离开哈佛后到纽约工作，当过一阵记者，继续写诗。

1901年史蒂文斯进入纽约法学院（New York Law School）学习，毕业后继续在纽约工作。

1904年史蒂文斯回老家时遇到少女埃尔茜（Elsie Moll Kachel），一见倾心。美国行走的自由（Walking Liberty）半美元硬币和墨丘利（Mercury）10美分硬币上的女神像刻画的就是埃尔茜，可见其美。[1] 史蒂文斯对埃尔茜的爱和追求既是情感之事，又是想象之事。[2] 史蒂文斯对埃尔茜有些相见不如书面的意味，把她当作遥远的公主，喜欢给她写信，在她身上寻找灵感，将她理想化为他的缪斯。这一时期他与纽约文艺圈内人来往，常和威廉斯（William Carlos Williams）一起逛画廊、书店和博物馆，算得上收藏家和批评家阿伦斯伯格（Walter Arensberg）圈内人。埃尔茜出身贫寒，上学不多，史蒂文斯父母有门户之见，不赞成他们交往相恋。史蒂文斯不顾家里反对，于1909年与埃尔茜成亲。史蒂文斯的律师生涯颇有起色，1916年搬到康涅狄格

---

[1] See Roger W. Burdette, *Renaissance of American Coinage, 1916–1921* (Great Falls, VA: Seneca Mill Press, 2005), p. 172.
[2] See Milton J. Bates, *Wallace Stevens: A Mythology of Self* (Berkeley: University of California Press, 1985), p. 49.

州（Connecticut），任职于哈特福德事故与赔偿公司（Hartford Accident and Indemnity Company）。

史蒂文斯少年时便有文学梦，立志成为作家，上大学前的书信可见印象主义文风。他在哈佛期间曾任学校文学刊物主编，那时他濡染文艺风尚，似乎是晚期浪漫者和世纪末唯美者。这一时期的日志显示他不吝自我剖析，层分丝缕中近于普鲁斯特式心灵（Proustian mind）。他厌恨自己身上的造作和冷漠，向往活力和热情。他喜欢散步，时常仿佛受到召唤却又漫无目的地一路走向陌生的远方，优哉游哉间留意沿途草木和风景，从行云落日流水到飞鸟爬虫游鱼，感受自然的声色之美与物象变化，油然而起联想、遐思与梦幻。在日常现实中感受诗：这已是他的生活和艺术信念。当时他最喜欢的诗人是济慈，散步回来常读的是济慈。他是俗称中的蓓蕾诗人（budding poet），又像是传说中的古希腊散步哲人（Peripatetic philosopher）。诗情之外还有哲理，也许那时史蒂文斯已经在探寻观察黑鸟的十三种方式了？

史蒂文斯喜欢散步，终生如此，许多诗便是他在散步途中作记录，回家或到办公室修改完成。史蒂文斯作为保险律师，早期常出差在外。从其旅次中萌生出不少诗作，可见东北部以外的地名，以及从佛罗里达（Florida）热带风光到田纳西（Tennessee）南方蛮荒等景致。然而他是可以坐驰之人，枯坐中也能浮想联翩，神思不已。想象中的埃尔茜更为实在，以至在她眼中诗对他来说或许成了"形而上私通"（metaphysical adultery）。[1] 他与埃尔茜的关系多少像他的诗与实在的关系，以至难说是艺术模仿了生活还是生活模仿了艺术。

史蒂文斯不仅写诗，还写剧本，包括《三个旅行者看日出》（*Three Travelers Watch a Sunrise*, 1916）和《蜡烛之间的卡洛斯》（*Carlos among the Candles*, 1917）。

诗集《风琴》（*Harmonium*, 1923）出版时，史蒂文斯已年届不惑与知命之间。[2] 同年，威廉斯的《春天及一切》（*Spring and All*, 1923）与《风琴》一道构成美国本土现代主义神奇年。《风琴》首版卖出不到百本，远不及印数十分之一。威尔逊（Edmund Wilson）当时评论说史蒂文斯是"风格大师"（master of style），有"佯语想象"（ironic imagination），其词语组合巧妙，读者即便不知所云也一读便知说得精彩，纵然语调完美，文辞风趣而终究有所欠缺。[3] 这其实是把《风琴》当小家大作，文胜于质，逃避情感，睽违生活，以至诗句的陌生与瑰丽间透出的只有炫技的冰冷而不切实动人。《风琴》的语言不同

---

[1] See Milton J. Bates, *Wallace Stevens: A Mythology of Self* (Berkeley: University of California Press, 1985), pp. 75–77.

[2] 史蒂文斯本想将这本诗集取名为 "The Grand Poem: Preliminary Minutiae"，因编辑反对作罢。

[3] See Edmund Wilson, "Wallace Stevens and E. E. Cummings", *New Republic*, no. 38 (1924), pp. 102–103.

凡响，新颖离奇却晦涩费解，甚至有些诗的标题似乎与诗中的意象乖离无关。史蒂文斯的风花雪夜熟悉而又神秘，非同寻常之间非同小可。

史蒂文斯最著名的诗多出自《风琴》，其中隐含的作者（implied author）为读者所熟知：一个机智、敏感，游于艺而不乏梦幻与幽默，在青春中见老成的诗人；颇为自觉，有些自嘲，偏好奇思妙喻、诡词谲语及不同寻常视角的诗人；可简单，可复杂，赡逸多变，在醉人的感官世界和迷人的思想世界中同样自在，反复往来的诗人。史蒂文斯被指责为享乐主义者，其措辞及音韵造成的"语言的欢乐"（gaiety of language）不具备道德和精神价值。[1] 史蒂文斯标新立异，却玩物丧志？甚至弗罗斯特（Robert Frost）也指责史蒂文斯写"小玩意儿"（bric-a-brac）。[2] 史蒂文斯对风琴（harmonium）——该词含有和谐之义，在原始印欧语（Proto-Indo-European）中与"艺术"（art）一词同源——情有独钟，曾经想以"全部风琴"（Whole Harmonium）命名自己所有的诗作。

尽管受到冷落与误解，史蒂文斯并不在乎。1924年女儿出生，他不再写诗。辍笔九年后，他又开始写诗，发表诗集：《秩序的概念》（*Ideas of*

---

[1] See Yvor Winters, "Wallace Stevens, or the Hedonist's Progress", *The Anatomy of Nonsense* (Norfolk, CT: New Directions, 1943), pp. 88–119.

[2] See Stanley Burnshaw, *Robert Frost Himself* (New York: George Braziller, 1986), p. 57.

Order，1936）、《猫头鹰的三叶草》(Owl's Clover，1936）、《弹蓝色吉他的人》(The Man with the Blue Guitar，1937）、《世界的构成》(Parts of a World，1942）、《驶向夏天》(Transport to Summer，1947）、《秋天的极光》(The Auroras of Autumn，1950）、《史蒂文斯诗集》(The Collected Poems of Wallace Stevens，1954）。史蒂文斯先后获得博林根奖（Bollingen Prize）、普利策奖（Pulitzer Prize）和美国国家图书奖（National Book Award）。此外，他还发表文集《必要的天使》(The Necessary Angel，1951）。1955年，史蒂文斯病逝于康州。

史蒂文斯被责有纨绔气（dandyism），舍平实的英语词不用，非要用源于外语的花哨辞藻。[1] 史蒂文斯幼儿园时便开始跟一位法国阿姨学法语和德语，中学时又修拉丁语和希腊语，但他感觉最亲切的外语是法语。鉴于十九世纪末到二十世纪初法语诗对英语诗的影响，史蒂文斯的偏好更在情理之中。如果说英语刚而法语柔，前者以力量和丰赡，后者以优雅和微妙各擅胜场，那么史蒂文斯显然悠游于两者之间，让它们交替与交融而产生异响和异彩。史蒂文斯自己承认受益于法语的轻盈、风致、声音和色

---

[1] "He will say 'harmonium' instead of 'small organ', 'lacustrine' instead of 'lakeside', 'sequin' instead of 'spangle'." Gorham. B. Munson, *Destinations: A Canvass of American Literature Since 1900* (New York: J. H. Sears, 1928), p. 81.

彩。[1] 此外,他还说英语和法语是同一种语言。[2] 英语中的风格感不仅在于句式和节奏的变化、音韵和语调的协调、意象和转喻的运用、俚俗和文雅的偏向、平行和松散的穿插、典故和行话的取舍、实写和虚说的转换,而且在于不同语源的词汇的疏密与对比。史蒂文斯的用词不仅有敏感性,而且有创造性。

史蒂文斯对法国文化有特别的感受和想象,心领其文学,耳濡其音乐,目染其绘画,甚至口舌也对法国酒、奶酪和烹饪情有独钟。他读法语诗,也读巴尔扎克、司汤达(Stendhal)、福楼拜(Gustave Flaubert)、普鲁斯特、纪德(André Gide)、勒纳尔(Jules Renard)、罗曼·罗兰(Romain Rolland)等的小说、日志和信札。谈及其他诗人对自己的影响,史蒂文斯讳莫如深,虽未矢口否认但自称并未意识到受任何人影响,而且自己存心不读像艾略特和庞德那样高度风态化的人,以免无意识地有所吸取。至于威廉·布莱克(William Blake),他认为那当是"威尔海姆·布莱克"(Wilhelm Blake)。[3] 史蒂文斯有意回避的人肯定是多少读过的人,而将布莱克英语名

---

[1] "La légèreté, la grâce, le son et la couleur du français ont eu sur moi une influence indéniable et une influence précieuse." Wallace Stevens, quoted in Samuel French Morse, *Wallace Stevens: Poetry as Life* (New York: Pegasus, 1970), p. 68.

[2] "I still think that English and French are the same language, not etymologically nor at sea level." Letter to Bernard Heringman dated July 21, 1953, in *Letters of Wallace Stevens*, ed. Holly Stevens (New York: Afred A. Knopf, 1966), p. 792.

[3] See letter to Richard Eberhart dated Jan. 15, 1954, in *Letters*, p. 813.

改为德语名则显然是指一种德国化的英国浪漫主义。史蒂文斯承认自己读过友人提到的马拉美、魏尔伦（Paul Verlaine）、拉福格（Jules Laforgue）、瓦莱里（Paul Valéry）和波德莱尔（Charles Baudelaire），却又声称如果说自己有所取于这些诗人，那也是无意之举。[1]

美国诗人中，史蒂文斯时被视为最欧化，而惠特曼常被当作最本土。史蒂文斯的诗中固然有不少法语，惠特曼诗中其实也有一些，不宜以此判断其美国性；至少史蒂文斯的词语不时有新世界的特征。法语之外，史蒂文斯间或以其他语言间杂诗里，因此被称为"克里奥化了"（creolized）他的诗。[2] 克里奥化的不仅是他的语言，他的诗学更为如此。从大学时代到一战爆发之间，史蒂文斯肯定读过不少法国象征主义诗，珀金斯（David Perkins）认为其意象色彩和词语音乐分别有所取于马拉美和魏尔伦。象征主义强化了史蒂文斯年轻时候的文学个性和风格倾向，如突兀性过渡、佯语性反转、影射性陈述和嬉戏性姿态。史蒂文斯令人想起拉福格，而其有时自

---

[1] See letter to Hi Simons, dated July 8, 1941, in *Letters*, p. 391.

[2] See Juliette Utard, "Introduction: A 'Special Relation'? Stevens' French, American English, and the Creolization of Modern Poetry", in *Wallace Stevens, Poetry, and France: "Au pays de la métaphore"*, ed. Juliette Utard, Bart Eeckhout, and Lisa Goldfarb (Paris: Éditions rue d'Ulm ENS, 2017), p. 18.

讽而严肃的公子口吻又像波德莱尔。[1]

王安石的《夜直》："金炉香烬漏声残，翦翦轻风阵阵寒。春色恼人眠不得，月移花影上栏干。"史蒂文斯说不知道世间会有什么能比这更美，更中国，而王安石已入睡，不便打扰，所以他会在亚洲的遗尘中去翻搅，寻觅。[2] 这与其说是对王安石诗的溢美，毋宁说是对汉语古诗的推崇。史蒂文斯说到做到，收藏了不少东方艺术品，对中国山水画并不陌生。事实上，史蒂文斯接触中国艺术甚早，其诗时有中国美学的浮光，乃至哲学的掠影并不足为怪。史蒂文斯早在哈佛期间便对东方艺术产生兴趣，最初写的诗中已有日本俳句仿作，其晚期浪漫风格里可见中国艺术风尚。[3]

史蒂文斯最早的汉译诗集中以"六种意境"（Six Significant Landscapes）译一首诗的标题，当然是基于他对中国艺术有一定了解的认定。[4] 无独有偶，南宋东传日本的潇湘八景图不仅激发庞德写出《七湖诗章》，而且史蒂文斯的《六种意境》似乎也是从潇湘八景图得到灵感，但改八为六。史蒂文斯读过郭

---

[1] David Perkins, *A History of Modern Poetry: From the 1890s to the High Modernist Mode* (Cambridge, MA: Harvard University Press, 1976), p. 538.

[2] See letter to Elsie Moll dated March 18, 1909, in *Letters* (New York: Afred A. Knopf, 1966), p. 138.

[3] See Paul L. Mariani, *The Whole Harmonium: The Life of Wallace Stevens* (New York: Simon and Schuster, 2016), pp. 12–13.

[4] 见《史蒂文斯诗集》，西蒙、水琴译（北京：国际文化出版公司，1989），页34。

熙《林泉高致》摘引，对禅宗也有所接触。[1]《雪人》《观察黑鸟的十三种方式》等诗中隐约有中国趣味与气味，令中国读者读来亲切。庞德好唐诗，史蒂文斯赞宋诗，多少可见他们审美趣味的差异。

如果说惠特曼是红肤（redskin）——美国诗人众神殿中布雷兹特里特（Anne Bradstreet）是蓝鼻（bluenose），爱默生（R. W. Emerson）是僵颈（stiffneck），狄金森（Emily Dickinson）是尖舌（sharptongue），爱伦·坡是野眼（wildeye），庞德是长毛（longhair），艾略特是高眉（highbrow），弗罗斯特（Robert Frost）是老手（oldhand），威廉斯是信足（surefoot），卡明斯（E. E. Cummings）是散节（loosejoint），克兰（Hart Crane）是热头（hothead），奥登（W. H. Auden）是干唇（drylips），金斯堡（Allen Ginsberg）是大嘴（bigmouth），阿什贝利（John Ashbery）是无体（nobody）——那么史蒂文斯便是苍脸（paleface）。这是一个漫画式的众神殿，大而化之，简而不赅。史蒂文斯的形象是"大红人"（Large Red Man），以大言其想象力，以红言其生命力，这样说来史蒂文斯其实也有红肤特质。

里尔克（R. M. Rilke）有本诗集卷首有致读者诗《走入》说："你创造世界。这个世界硕大／如一

---

[1] See Zhaoming Qian, "Chinese Landscape Painting in Stevens' 'Six Significant Landscapes'", *The Wallace Stevens Journal 21* (1997), pp. 123–142.

个词，还在沉默中成熟。"[1] 诗人创造世界，读者同样创造世界。史蒂文斯在世时他的诗译为外语而成书的只有意大利语译本，他在给译者波焦利（Renato Poggioli）信中说，希望自己的诗像"弥撒书"（missal）一样有意义。[2] 拉丁语弥撒（missa）出自仪式完成时的结语："去，送出了"（ite, missa est）。如今这本诗集穿越时空和语言，送到了读者面前。史蒂文斯说："读者变成了这本书。"[3] 阿什贝利说："这首诗就是你。"[4] 读者变成这本书，这本书变成了读者，那么读者就是大红人，就是诗人。

水琴　西蒙
2023 年 2 月 2 日

---

[1] "Und hast die Welt gemacht. Und sie ist groß/ und wie ein Wort, das noch im Schweigen reift." Rainer Maria Rilke, "Eingang", *Das Buch der Bilder* (1902; Leipzig: Insel, 1913), p. 3.

[2] See Lee M. Jenkins, "World Literature", in *The New Wallace Stevens Studies*, ed. Bart Eeckhout and Gül Bilge Han (Cambridge: Cambridge University Press, 2021), p. 95.

[3] "The reader became the book." Wallace Stevens, "The House was Quiet and the World was Calm", *The Collected Poems of Wallace Stevens* (1954; rpt., New York: Alfred A. Knopf, 1971), p. 358.

[4] "The poem is you." John Ashbery, "Paradoxes and Oxymorons", *Shadow Train* (New York: Viking Press, 1981), p. 3.

风琴

尘世逸事

每当雄鹿们哒哒走过
俄克拉何马[1]
一只火猫[2]便会竖发挡住去路。

无论雄鹿们去哪儿
它们总是哒哒走过,
直到猛地
向右
拐一条弧线,
因为火猫。

或是直到它们
猛地向左
拐一条弧线,
因为火猫。

雄鹿们哒哒地前行。
火猫一蹦一跳,
忽右,忽左,

1　俄克拉何马(Oklahoma),美国中南部的一个州。
2　火猫(firecat),印第安传说中的动物,据信确实存在。

怒竖毛发
挡住去路。

后来,火猫闭上他明亮的眼睛
睡着了。

对天鹅的责难

灵魂,哦,雄鹅飞越公园
远离风的不和谐音调。

落日下起青铜雨,
标志夏天的死亡,时间隐忍

仿佛有人潦草写下没有条目的遗嘱
但见金色折划和帕福斯[1]式夸饰笔法,

把你的白羽毛留给月亮,
把你乏味的动作留给空气。

看,已经在长长的游行队列里了
乌鸦用粪便为雕像上彩。

而灵魂,哦,雄鹅们,孤独地飞越
你冰冷的战车,飞向天空。

---

1 帕福斯(Paphos),塞浦路斯西南部的古城。

在卡罗来纳

紫丁香凋谢了,从南卡罗来纳到北卡罗来纳。
蝴蝶已在小木屋上飞来飞去。
新生的婴儿已在
母亲的声音中理解了爱。

永恒的母亲,
为什么你的薰衣草乳头
这次流出了蜜汁?

我的身体因松树而变得甜蜜,
我自己也因洁白的鸢尾花而变得美丽。

纤弱的裸女踏上春天之旅

她向大海出发,
但不是以古老的方式在贝壳上,
而是在初次发现的野草上。
她掠过亮光
悄无声息,像另一波海浪。

她并不满足
手臂上本应搭着紫色的衣衫,
厌倦了咸味的港口,
渴望大海深处的
盐水和咆哮。

风加快了她的速度,
吹拂在她的手上
和湿淋淋的后背。
她触摸云朵,旋转着
穿越大海。

然而,在匆匆的水光中
这是一场乏味的演出,
她的鞋跟冒出泡沫——

不像后来的某一天
金色的裸女

那样前行，恍如在海绿色的盛况中心，
更为安静，
命运的杂役，
不停地穿过清澈的激流
在她无法挽回的路上。

针对巨人的阴谋

第一个女孩

当这个乡巴佬唠叨着走过来,
磨他的砍刀,
我要跑在他前面,
散发着最文明的气味
来自天竺葵和没人闻过的花。
这会阻止他。

第二个女孩

我要跑在他前面,
撑起布满小花点的衣衫
花点像鱼子般细小。
衣衫
会让他难堪。

第三个女孩

哦,天啊……真可怜!
我要跑在他前面,

好奇地喘着气。
他会侧耳倾听。
而我将轻声细语
喉音世界里天堂般的唇音。
这会让他崩溃。

玛丽娜公主

她的平台就是沙滩
棕榈和黄昏。

她转动手腕
做出夸张的手势
表达她的思想。

黄昏的造物
羽毛的皱褶
成为帆的技巧
在海那边。

她就这样漫游
在她扇子的漫游中，
分享大海
和黄昏，
它们四处流动
喃喃低语，渐渐平息。

黑色的统治

夜晚，在火旁，
灌木的颜色
落叶的颜色
重复再现，
在屋内旋转，
像树叶自己
在风中旋转。
对：而凝重铁杉的颜色
迈步而来。
我想起了孔雀的啼叫。

孔雀尾翎的颜色
像树叶一样，
在风中旋转，
在黄昏的风中。
它们飞进屋里，
就像从铁杉枝头
飞落地上。
我听见那些孔雀在啼叫，
那是对黄昏的啼叫，
还是对树叶的啼叫？

在风中旋转，
仿佛火中
旋转的火焰，
仿佛孔雀的尾巴旋转，
在响亮的火中旋转，
响亮似铁杉，
充满了孔雀的啼叫？
那会不会是对铁杉的啼叫？

窗外，
我看到群星汇集，
像风中
旋转的树叶。
我看着夜晚走来，
迈步走来，仿佛铁杉的颜色。
我感到恐惧，
想起了孔雀的啼叫。

雪 人

必须有冬天的心灵
才能领略松树的霜枝,
枝头白雪皑皑;

一直那么寒冷
且看红松挂满冰柱,
在一月的阳光下

远处光耀中云杉参差,不要想
任何痛苦,在寒风中,
在几片树叶的声音里,

那是大地的声音,
有同样的风
在同样寂寥的地方吹起,

听风的人,在雪地里聆听,
已然无我,所见
无不在那儿,又不在那儿。

一船甘蔗

小船在沼泽上前行
仿佛水波流动；

仿佛水波流动
流过青翠的锯齿草，
在彩虹下面；

彩虹仿佛鸟群
在它们下面
艳丽地飞旋，

而风依然吹着口哨
像双领鸻那样，

当它们看见
船工的红头巾
而飞起来。

蒙翁克勒的莫那克勒[1]

一

"天空的母亲，彩云的女皇，
太阳的权杖，月亮的王冠，
没有什么东西，绝对没有什么东西，
像残杀的两个词相互撞击的边缘。"
我因而语气堂皇地嘲笑她。
或许只是我独自嘲笑自己？
我愿化作一块冥思的石头。
飞溅思想的海洋再次浮起
闪亮的水泡，是她；而后
自我体内更咸的井
一阵上涌，迸发出水的音节。

二

红色的小鸟飞过金色的地板。
它寻找合唱的同伴
在风和水和翅膀的合唱中。

---

[1] 原诗题为法语"Le Monocle de Mon Oncle"，意为"我叔叔的单片眼镜"。史蒂文斯在这里表现的是法语发音的谐音。

如愿时它身上将流下飞瀑。
我要不要把这揉皱的东西弄平?
我是有钱人,和继承人相互虚暄;
我就是这样迎接春天。
欢迎的合唱队为我高歌告别。
没有哪一个春天能随我走过子午线。
你却执着于传闻的幸福,
假装有星光灿烂的认知。

三

那么,古老的中国人是不是无端
静坐山中池畔,整理衣冠?
或是在扬子江中细数他们的胡须?
我不会弹奏降调的历史音阶。
你知道日本喜多川歌麿[1]的美女
在会说话的辫子里寻觅爱的真谛。
你知道巴斯[2]山浪般的发型。
哎,是否所有的美发师都白活了,
自然中竟没有一丝卷发残存?
如果不是怜悯这些勤勉的妖魅,
你为何会从梦中醒来,长发湿漉漉的?

---

1 喜多川歌麿(Kitagawa Utamaro,1753—1806),日本江户时代画家。与葛饰北斋、安藤广重并称浮世绘三大家。
2 巴斯(Bath),英格兰西南部小城,历史上著名温泉胜地,被列为世界文化遗产。

四

这芳郁无瑕的生命之果
似乎自身太重,落到地上。
当你还是夏娃,酸涩的果汁甜美。
无人尝过,在天堂般的果园空气里。
苹果不输头颅
如果要成为一本书,在其中读一圈,
同样很好,因为构成它的
也会慢慢腐败,落回地上,正如头颅
好在作为爱的硕果,它是一本
疯狂得难以卒读之书,
在阅读仅仅为消磨时光之前。

五

西边天上高高燃烧着愤怒的星星。
星星在那儿,本是为火热的少年
以及他们身边芬芳的处女。
爱意炽烈的度量
也是大地活力的度量。
对我来说,萤火虫迅捷的电闪
单调地勾画着又一年的时光。
你呢?还记得蟋蟀
怎样从草地母亲那儿爬出来,

像小猫,在苍白的夜晚,
当你最初的形象找到与尘土相连的迹象。

六

如果四十岁的男人还要画湖,
转瞬即逝的蓝色必须融到一起,
蓝灰的底色,宇宙的色调。
我们体内都有某种物质主宰。
而在我们的热恋中,恋人觉察到
如此的波折,画笔却无暇顾及
每一处的诡谲。
当恋人的头秃了,爱情枯萎
藏入内省流亡者的罗盘仪
和课程表里,喋喋说教。
主题只是风信子而已。

七

天使骑的骡子慢步走来,
太阳那边,火焰掠过。
叮当的铃声缓缓降临。
这些骡夫走起路来小心翼翼。
同时,百夫长们哈哈大笑,
把嘤嘤鸣响的大酒杯砸向桌板。

这则寓言的意思是:
天国之蜜也许出现,也许不出现
但大地之蜜同时出现,同时消失,
如果这些信使在行列中带来一个
因永恒的花朵而升华的少女。

八

像倦怠的学者,我痴情地凝视
一种古老的面貌触及新的心灵。
它来,开花,结果,而后死去。
这琐碎的转喻揭示了一个真理。
我们的花朵已逝。我们是其果实。
我们的藤上鼓起两个金色的葫芦,
已是深秋,葫芦上沾满秋霜,
那么肥硕,那么古怪。
我们像长疣的南瓜一样悬着,条纹斑驳
大笑的天空将看着我们俩
被腐蚀性的冬雨浇成空壳。

九

在充满动感和喧嚣的诗句里,
哭喊声,撞击声,急促而坚定,
像战场上垂死者的思绪。
他们的命运多么奇怪,来,庆祝

四十的信仰,欲望的受监护人。
最可敬的心,最好色的遐思
也不那么好色,因为你的宽宏。
我询问所有声音,所有思想,所有事物,
圣骑士的音乐和举止,
确保供品合宜。我到哪里去寻找
配得上这伟大颂歌的精湛技艺?

十

诗中那些想象的公子
留下众多的神秘记忆,
自发地浇灌多沙的土壤。
我是自由民,和众人一样。
我不知道什么魔树和香柯,
不知道什么银红、金朱的果实。
但我毕竟知道那棵
和我的心灵相似的树。
它高高地耸立着,枝头
常有鸟群飞来飞去。
鸟飞走后,枝头仍是树的枝头。

十一

如果性就是一切,那么每一只颤抖的手
都可以令我们尖叫,像洋娃娃,渴慕的词句。

但要注意命运放肆的诡谲，
它使我们悲泣，欢笑，呻吟，号叫，
悲哀的英雄行径，疯狂或欣喜
故作姿态，从不顾忌
最初的法则。痛苦的时刻！
昨夜，我们坐在一泓粉红畔，
睡莲如快帆船拂掠明亮的铬色，
醉心于繁星点点，而一只青蛙
从肚子里发出可憎的和声。

十二

那是一只蓝鸽，侧身在蓝天上
盘旋，一周，一周，又一周。
那是一只白鸽，飞倦了，
拍动翅膀落到地上，像黑衣拉比。
年轻时我在高傲的思考中
静静观察人的本性。我发现
在那狭小的世界里人不过是个片段。
后来，我又像玫瑰拉比
寻求爱的起源和历程。
但直到现在我才知道
振翅的物体有那么清晰的投影。

威廉斯主题的色调

古老的星星,
你给我以奇异的勇气:

日出时独自闪烁
并不助长日出的光芒!

一

孤独地闪烁,赤裸地闪烁,青铜一样闪烁,
并不映照我的面庞,或我的内心,
火焰一样闪烁,什么也不镜映。

二

并不助长人性,它浴你
于它自身的光芒中
不要做清晨的喷火女怪,
半人,半星。
别那么多智,
像寡妇的鸟
或一匹老马。

贵族的隐喻

二十个人过一座桥，
进一个村，
是二十个人过二十座桥，
进二十个村，
或是一个人
过一座桥，进一个村。

这是古谣
不言自明……

二十个人过一座桥，
进一个村，
是
二十个人过一座桥
进一个村。

不言自明
像意义一样肯定……

人的靴子
践踏桥上的木板。

小村的第一道白墙
从果树林中升起。
我刚才在想什么?
意义就那样逃逸。

小村的第一道白墙……
那一棵棵果树……

睡岸芙蓉

唉,费尔南多,那天
心灵像飞蛾一样
在开阔沙岸边的花丛里漫游;

波浪的运动
在海草覆盖的礁石上发出的声音
并没有打扰哪怕是最懒的耳朵。

那只大飞蛾
蜷缩着躺在慵懒的大海
蓝色和淡紫色的背景上,

它在骨瘦的沙岸昏睡,
不听海水的絮絮私语,
现在挂满水珠,它振翅飞寻那片火红。

沾着黄色的花粉——红得
如同那家老咖啡店上方的红旗——
整个混沌的下午,一直在那里漫游。

佛罗里达趣事

三桅帆船粼粼闪亮
在棕榈海滩上,

朝外驶向天堂,
融入雪花石膏
和夜的蓝。

泡沫和云朵合二为一。
燥热的月亮怪兽
融化。

洁白的月光
填满黑色的船舱。

海浪的嗡嗡声
永远不会结束。

又一个哭泣的女人

且把不快倾吐
你的心太痛苦，
悲哀并不能抚慰。

毒草在这片黑暗中生长。
在泪水中
黑色的花朵升起。

存是的辉煌理由，
想象，这想象的世界里
唯一的实在

把你留给
幻想不能感动的人，
你被死亡刺穿。

侏儒和美丽的星星

在比斯坎湾[1]的海里,青翠的小鸟
精心打扮,黄昏之星,
晴朗的光照亮醉鬼、诗人、寡妇,
还有即将出嫁的女士。

借着这光,咸的鱼
像树枝一样在海里拱起,
四处漂荡
起起伏伏。

这光指引着
醉鬼的想法,寡妇的
感觉,颤抖的姑娘,
鱼群的移动。

多么愉悦的存在,
哲学家们被这青翠吸引
直到他们心无所思,只想
把心沐浴在随后的月光里,

---

1 比斯坎湾(Biscayne),位于美国佛罗里达州东南部。

知道他们还能把思想找回来
在这尚待寂静的夜晚,
想想这,想想那
在睡着之前!

身为学者,最好
在宽松斗篷的幽暗袖口里
剃光脑袋和身体,
仔细思考。

很可能他们的情妇
并不是憔悴的逃亡的幻影。
毕竟她可能是个放荡的女人,
漂亮而充满欲望,

生殖力旺盛,
星光照耀的海滩,她的存在
他们寻觅的最内在的善
也许可以用最简单的语言表达出来。

那么,对于那些了解柏拉图
终极思想的人来说,这是善的光
用这颗宝石来镇定
混乱的折磨。

作为字母 C 的喜剧家

一 没有想象的世界

注释：人是他的土壤的智慧，
至高无上的魂灵。因此是蜗牛的
苏格拉底，梨子的乐手，原则
和法则。但问题是：事物的
同一顶假发，头脑愚蠢的学究，
会是大海的导师么？海边的克里斯平[1]
在他年轻时，开创了一丝怀疑。
一只眼睛，最适合于果冻和裙子，
村庄的浆果，理发师的眼睛，
大地的眼睛，沙拉下面简单菜垫的眼睛，
诚实的被子的眼睛，克里斯平的眼睛，
挂在海豚上，而非杏子上，
沉默的海豚，它们的鼻子
浸入须发般的波浪，
不可测世界里不可测的毛发。

---

[1] 克里斯平（Crispin），鞋匠的守护神（patron saint），"鞋匠"的法语是 chausseur，谐音英语诗歌之父乔叟（Chaucer），其被视为诗歌传统开创者。克里斯平是法国和意大利喜剧人物类型，其名包含 crisp（翻卷）和暗示诗的转喻（troping）。标题中的 C 既是音符，又是克里斯平缩写。前面这几行影射克里斯平在法国文学中的各种形象。

一个人吃一份肝酱，有盐，真的。
它不太像是迷失的陆地动物，
来自海和盐的温暖冬眠，
世纪之风存于一息之间。
重要的是自我的神话，
点染到无法去除。克里斯平，
跳蚤的琵琶乐手，无赖，地主，
系着丝带的手杖，吼叫的马裤，
中国袍子，西班牙帽子，命令的
起伏声，刨根问底的植物学家，
喑哑而处子般新手的总编纂，
一个骨瘦如柴的水手
透过海玻璃窥视自己。
什么词语，嘎嘎裂为音节
在繁复音调下掀起暴风雨，
在敲击中是短鞋骨的名字吗？
克里斯平被大水冲走。
他全部的生命依然留在体内
缩小成一个声音，在他耳内弹拨，
无处不在的振动，拍击和叹息，
复调在指挥棒的推刺之外。

克里斯平能止住海中的啰唆吗，
一个水汪汪的唯实论者的晚年，

特里同[1],溶解于蓝绿色不断变幻的

透明中？唠唠叨叨,水汪汪的年纪

对着太阳的怜悯低语,

在夜里让海星们聚集,

卑微地趴在,月亮蹄声嘚嘚的

小径上。特里同简化了

让他成为特里同的东西,他什么也未留下,

只在模糊的怀念手势中,

仿佛海浪中的手臂和肩膀,

这里,有些东西在风的起伏中

如同幻觉的号角,这里

一种沉没的声音,既是记忆

又是遗忘,在交替变幻中。

古老的克里斯平就这样融化。

男仆在暴风雨中化为虚无。

从波尔多到尤卡坦半岛,然后是哈瓦那,

接着去了卡罗来纳。简短的出游。

克里斯平,在狂风中微不足道,

动荡中他的态度消沉。

盐如霜,挂在他的灵魂上

死盐水在他的体内如冬天的露水

融化,直到他自己

消失殆尽,只留下更坚实、更赤裸的自我

---

[1] 特里同(Triton),希腊神话中海之信使,海王波塞冬(Poseidon)和海后安菲特里忒(Amphitrite)的儿子,通常表现为人鱼的形象。

在更坚实、更赤裸的世上。其中的太阳
不是太阳,从不以温良的和煦
照耀小教堂中
贞洁的花束上撑起的苍白的雨伞。
一支小号喧闹地吹响天国的嘲笑
压过他的雏音。克里斯平
成为内省的航行者。

这是真正的自在之物,最终
克里斯平面对它,可发音物,
苍老的黑暗中喷发出的言语
与他的可见之物截然不同,
除了微不足道的特里同,摆脱了
躺在他周围无法回避的
他自己的影子。分割
已然清楚。浪漫最后的扭曲
抛弃了贪得无厌的自大狂。大海
不仅分割陆地,而且分割自我。
面对现实,无助。
克里斯平凝视着,克里斯平变新。
在这里,想象无法回避,
李子诗中那洪亮压倒性的
最终音调,严厉而冷峻。
陈腐生命的水分不再滴落。
这俗艳、呼啸的全套盔甲是什么?

从什么样迅疾的毁灭中冒了出来?
它是风和云的盛装
在被洪荒之力打碎的计谋中
保持完整。

二　关于尤卡坦的雷暴

在尤卡坦半岛,加勒比
圆形剧场的玛雅十四行诗人,
尽管有鹰隼,绿色的巨嘴鸟
和松鸦,依然向夜鸟乞求,
仿佛棕榈树上覆盆子色的唐纳雀
在橙色的高空,很野蛮。
但克里斯平如此穷困,无法
在习常中寻得帮助。
他因大海而生动,
穿越光明而来,
大受鼓吹,变得无比明晰,
刚从潮汐天空的发现中现身,
神谕的震动不让它们安息。
他接着走进一片野蛮的色彩。

他在自己的领地长得多么高大,
这个昆虫聆听者!是他看到
公园里正在逝去的秋天的阔步,

忧伤而端庄；是他
每年为春天写下双行体诗
如同写着深刻喜悦的论文，
航程中，停留于蛇的土地，
发现他历经沧桑，扩展了
他的理解，使他在情绪的翻卷中
变得错综，在所有的欲望中
变得窘迫而陌生，他穷困的标志。
这点他和其他自由人一样，
洪亮的坚果壳在内心铿锵作响。
他的暴力是为了扩张
而非如音乐让半醒的睡者
恍惚。他感知到
为热度降温的清凉突然出现，
只在他潦草写下的寓言里
用他自己的羽毛笔，蘸着本地的露水，
一种坚韧而多样的美学，未被驯服，
假正经的人难以置信，尘土的铸造所
绿色的野蛮主义成了范式。
克里斯平预见了一条奇怪的步行街
或者说得更华丽些，他感知到元素的命运，
元素的力量和痛苦，
从未见过的美丽的裸露，
把棕榈树的野性发挥到极致，
月光洒在丝兰肥厚苍白的

花朵上,还有黑豹的足迹。
故事及其内在的诗
仿佛两个灵魂在交谈,
在大西洋尖角的光芒中熠熠生辉,
有待于克里斯平和他的羽毛笔去诘问。
但他们来谈论的这片土地,
绿色的侧边和锯齿状的枝丫如此茂密,
如此交织盘绕的小蛇
在紫色的灌木和鲜红的花冠丛中,
在它们的避难所嗅到丛林的气息,
鸟喙、花蕾和水果皮
镶着黄、蓝、绿和红的条纹,
大地就像拥挤的节日
种子长得太肥,汁水太多,
在金色的母性温暖中膨胀。
就说到这里吧。深情的移民
在鹦鹉的鸣叫声中发现了新的现实。
不过,让那件小事过去吧。现在
当这个古怪的发现者穿过港口的街道
查看市政厅,大教堂的
外立面,做着笔记,他听到
一阵隆隆声,似乎在墨西哥以西
如同鼓阵击打的炫音,渐行渐近。
白色的市政厅暗了下来,教堂的外墙
阴沉如天空,悲哀地

被迅疾连续的阴影吞噬。
轰鸣声扩散降临。风
暴风般的号角，沉闷的呼喊，
鲁莽的雷鸣，恐怖
甚于音乐对巴松管的报复。
手势般的闪电，神秘
苍白地闪过。克里斯平从这里逃走。
注解者也有他的顾虑。
他和其他人一起跪在大教堂里，
这位自然命运的鉴赏家，
懂得细腻的思想。暴风雨
就是许多这类宣言之一。
宣言中提到的事情，比他所知的更残酷
在寒冷的夜晚听到招牌的呜咽
或者观看窗棂上炎热的
仲夏夜的表演。这是力量的
扩张，典型的事实，伏尔甘[1]的
笔记，男仆想要占有那
让他在措辞上妒忌的东西。

屋顶的激流还在隆隆作响
他感觉到安第斯山的气息。他的心灵自由，
甚于自由，亢奋，专注而且深刻，

---

1 伏尔甘（Vulcan），古罗马神话中火与工匠之神。

省视正在拥有他的一个自我；
他从那个破败小镇启航时，
还没有这个自我。在他身后
西边躺着连绵的山脊，紫色的栏杆，
雷电消失于霹雳声中，
留下颤抖的巨响
让克里斯平又一次大喊大叫。

三　接近卡罗来纳

月光之书尚未写就，
还没开始一半。写就时要给
克里斯平留出空间，月火中的束薪，
他在朝圣的喧嚣中
历经惊险的突变，永远无法忘记
那种不眠，或冥想的睡意。
梦中阴郁的诗节，在时间中，
自愿承受那犯困而低沉的歌声。
因此，要在那本尚未写就的书中留有余地
为了传说中曾经燃烧的月光
在克里斯平的脑海里，在陆地上。
对他来说，美国总是在北边
北偏西，或西偏北，总之是北，
因此，极地，极地紫，冰冷
枯瘦，在海里升降，

坚硬的泡沫，平退，蔓延
在无尽的岩石上，闪闪发亮，淹没
在北方月亮的薄雾中格外寒冷。
春天在叮当作响的慌乱中到来
融化了一半的霜。终于
夏天来了，泥泞潮湿，尚未成熟，
在冬天的荒凉回来之前。
桃金娘，要是桃金娘真的开了花，
就会在空气中呈现一片冰红。
绿色的蒲葵在拂晓的冰里
被僵硬地剪裁出蓝黑色的叶脉。
精心绘制出隐喻的明暗对比。

有多少首诗，在观察过程中
他忍住未写，这些是次要的
比起他所渴望的无休止的接触。
他忽略了多少大海面具；什么声音
他关在调音的耳朵之外；什么思想
如同玉器影响着隔离的新娘；
他放逐了什么伴唱，
也许北极的月光，真的
在他自己和他的环境之间
赋予联系，幸福的联系。
似乎那是最主要的动机，最初的喜悦，
对于他，又不仅仅对于他。看上去

虚幻，微弱，比月亮还朦胧，反常
像绕道去北平一样错误。
假设粗俗是他的主题，
颂歌和飞行，
一只热情而挑剔的夜莺。
月光是一种逃避，如若不然，
那就是无足轻重的会面，轻松，细腻。

就这样，他把自己的航行理解为
两种元素之间的升起落下，
太阳和月亮之间的波动，
突入金色和暗红的形式，
在这次航行中，摆脱了妖怪，
然后掉头般隐退
沉沦于放纵，
在月光中习以为常。
要是它们愿意，就让这些倒退行径
对他施展诱惑，克里斯平知道
他所求的是茂盛的热带
一片富饶之地，才能让他振作起来，
多刺，顽固，密集，和谐
带着一种和谐，不为
过分温雅的休止的压抑的乐器
而清高或精致。就这样
他摇摆在旧时的卡罗来纳，

一个小小少年,一个往日奇想,
以及他在船头所见的
清晰而细致的描述。

他来了。诗意英雄,没有棕榈树,
没有杂耍,没有徽章。
来时所见已是春天,
这季节令虚无者,以及
求索丰饶的极简者憎恶。
月光的虚构消失了。春天
尽管戴着面纱合宜地争强,
在露水和早到的芬芳中露出虹彩,
对追求遒劲的赤裸的他来说
不过是珠光般的牵线木偶而已。
一条河把船带了进来。
翘起鼻子,他吸入
酸腐的松脂味儿,潮湿的木材
浓烈的气息,仓库门口
飘来的味道,绳索的狂风,
破旧的麻袋,四处弥漫的臭味
帮他完善他粗鄙的美感。
他像感官主义者那样享受恶俗。
在码头周围的沼泽地上做了记号,
爬行的铁路支线,腐烂的栅栏,
为非凡的大二学生准备的课程。

它净化。它让他明白
他所见的有多少其实根本未见。
他愈发攥紧本质的散文,
在如此伪化的世界里,
当作一种品性,
尚有可能的发现,
所有的诗都与它有缘,除非
散文最终披上诗的外衣。

四　殖民地的观念

注释:他的土壤是人的智慧。
那样更好。那才值得跨海去找寻。
克里斯平用简单的语句公开了
他如云的漂泊,策划了一个殖民地。
心灵的月光退场,法则退场,
国王和原则退场,所有都退场。
全体退场。这儿的散文
比所有坍塌的诗更加精致:
一片尚待居住的新大陆。
他朝圣的目的是什么,不管
克里斯平怎么想,难道不是要
把他同伴的影子赶出天空,
然后,从他们迂腐的智力中释放出来,
让一种新的智能盛行?

因此，他最初的中心赞歌中
词语的回响，琐碎末节的庆祝者
对他的美感，他的哲学的强度测试，
愈是招嫉妒，愈是被欲望：
花商向卷心菜求助，
富人赤身裸体，圣骑士
害怕，盲人成为天文学家，
由于蔑视而不行使委派的权利。
他的西行结束又开始。
挑剔的思想的折磨变得松散，
另一个更加好战的人出现。

因此，他写了绪论，
反复无常地记录下
掺和在一起的纪念物和预言。
他做出一种奇特的排列，诸如：
雨的原住民是多雨的人。
尽管他们画出明亮灿烂的湖泊，
四月的山坡上长满白色和粉色的树木，
它们的碧空镶着云边，明亮的水面
映着山茱萸的白色和粉色，
在它们的音乐中，雨点般的声音在吟唱。
粗鲁的印第安人迷恋着什么奇怪的泡沫，
何种伊甸园的树胶，何种加蜜的鲜血，
何种从天真蒸馏出的少量果浆，

连一线金光也要在他体内说话
或沉浸在他的形象和文字中?
如果这些粗鲁的例子
凭借粗鲁之力弹劾它们自己,那就让原则
简单明了。克里斯平努力加以应用,
憎恨突厥人如爱斯基摩人,憎恨琵琶
如木琴,憎恨木兰如玫瑰。

基于这些前提,他
策划了一个殖民地,要延伸到
南方以南吹着口哨的南方的黄昏,
一个全面的岛屿半球。
那人在佐治亚州的松林里醒来
应该是松林的代言人。他反应敏捷
在佛罗里达种植原始的果核,
不该在索尔特里琴上弹拨,
而应拨动班卓琴的绝对肠线。
哒克,哒克,火烈鸟拍打他的桂树。
阴沉的先生们,喝着淡色龙舌兰酒,
遗忘了阿兹特克年历,
应该去凝望嶙峋的内华达山。
咖啡馆里,黝黑的巴西人
冥想着无瑕的南美大草原的嘀嗒声,
应当草书一本警句,
作为他们最新的光辉的情人。

这些是最宽泛的例子。克里斯平，
作为如此辽阔范围的先祖，
并非对精巧的细节漠不关心。
甜瓜应该有恰当的仪式，
穿上翠绿的服装登场，桃子
当它黑色的枝条开始发芽，美丽的一天，
应当有一个咒语。再一次
被堆在托盘上，它的香味
浸透了夏天，应当有一次圣礼
和庆典。精明的修道士
应当是我们经验的记录者。

走入未来时光的乏味的远足，
与向后飞行的浪漫有关，
不管多么奢侈，多么骄傲，
启示中包含着责难
最初让克里斯平踏上流浪之路。
他不会满足于仿制，
思想的伪装，不当的词语，
误会痛苦的假面舞会，
以虚构的花哨预先设定，
他激情的许可，大衣的
挂样，纽扣的等级，
他的盐的度量。这类垃圾
帮得上盲人，却帮不了安详狡猾的他。

这使他不耐烦了。因此,
偏爱文字甚于注解,他谦恭地
做偶然事件的古怪的学徒。
也许是个小丑,但是个有抱负的小丑。
我们的梦中有单调的汩汩流响
让梦成为我们的从属继承人,梦者的
继承人埋葬在我们的睡眠里,而不是
即将到来的对更好出身的幻想。
学徒认识这些做梦的人。如果他梦到
他们的梦,他会小心翼翼。
所有的梦都烦人。让它们被清除吧。
但要让兔子跑跳,公鸡演讲。
小玩意仿品,炫耀天空般的纸张,
克里斯平是蹑手蹑脚的骗子?
不,不:每一页都诚实而准确。

五 阴凉宜人的家

克里斯平作为一个隐士,纯洁而能干,
生活在陆地上。或许,不满
让他依然是一名忐忑的现实主义者
从滑稽的糖果中选择他的元素,
过去是,现在是,将来是或应该是,
在波尔多之外,在哈瓦那之外,在遥远的
懊恼的尤卡坦之外,也许他已经来了,

在他的极地种植园开拓,

在多云的膝盖上抖晃他的女娃。

但很快他奔向那个观念的冒险加速了。

克里斯平住在那片陆地上,住着

以缓慢的隐退从他的大陆

滑向他实际眼睛中的事物,

对反抗思想的困难保持警惕,

天空一片蔚蓝。被蓝色感染的意志。

也许他田野里的蓍草

把沉思的紫色封在其关怀之下。

一天又一天,这事或那事

禁锢了他,却又纵容他,宽恕他,

一点又一点,仿佛宗主国的土壤

以狂欢让他知耻,谦卑而

依附,这似乎是偶然的结局。

作为现实主义者,他首先承认

无论是谁猎取清晨的大陆

最终,也许会在李子树前猛然停下,

心满意足,依然是现实主义者。

事物语言纠缠,混淆。

李子比其诗活得更长久。

它安静地挂在阳光中,被下面

走过的人们在地上的斜影渲染,

色彩横斜,露水迷离,绽放成

淡紫。但它以自己的形式存在,

超然于这些变化，硕大而美味的果实。
所以克里斯平在现实中扣住
对他来说将是或该是的存活形式。

他是否要以最深沉的铜管鼓吹，
用赋格安魂曲来驱赶他的梦？
是否要咚咚作响，喧闹天空，
陪伴那些最巨大的亡物？
潦草地写下悲剧作家的遗嘱？在倦怠的挽歌中
延长他活跃的力量，
让高大的乐手们呼唤，呼唤，
说他死了吗？说出阿门
通过卷入最外端云层的合唱？
因为他盖了座木屋，以前还设想过
在吵闹的海边建造饶舌的柱子？
还是因为他又转向沙拉菜垫？
快乐的克里斯平，披着不幸的黑纱？
他是否应该将个人搁置一旁，
把自己的命运作为所有命运的例子？
在如此众多的人中间，一个人算什么呢？
如此众多的人，在这样的世上又是什么？
一个人能想一事，长久想它？
一个人能是一物，长久是它？
就是那个瞧不起诚实被子的人
头枕被子，躺在他的不屑中。

对现实主义者来说,所是即所应是。

它就这样来了,它的小木屋草草搭就。
他的树已种下,保姆带来了
光彩夺目的金发女郎,把她交到他的手上,
窗帘飘动,门户紧闭。
克里斯平,单人间的主人,
把夜晚拴上。如此深沉的声音落下
似乎孤独掩盖住他
以及他的酣睡。
深沉的声音坠落下来,越落越深
彻彻底底成为悠长的预言性沉默。
蟋蟀在风中击鼓,
一动不动地前行,守护者。

在清晨的急板中,克里斯平迈步,
每一天,依然好奇,绕个圈子
没他一度必须的那么刺儿头,
更为平和。就像憨第德[1],
自耕农,苦力,但看得到一个无花果,
为无花果准备的奶油,为奶油准备的银器,
一个金发女郎倾斜银器,品味

---

[1] 憨第德(Candide),伏尔泰哲学小说《老实人,或曰乐观主义》(*Candide ou l'optimisme*, 1759)的主人公,最初接受莱布尼茨乐观主义灌输,极度天真,以为身处最美好的世界,经历漫长而痛苦的幻灭之后终于觉悟。

油菜味汁液。好星辰，那将如何
在木屋下流话中给他们退火！
然而，日常琐事耗尽了哲学家们，
以及像克里斯平这类在意图上
而非意志上像他们一样
试图跟踪思想的无赖的人。
而他每天的日常生活，由这些构成：
早餐丝带，裹在叶子里的水果，
山雀，决明子和玫瑰，
尽管玫瑰不是摊开的衬裙
高贵的刺，而是相思甜蜜的味道，
还有黄昏，就像破裂的百叶窗被掀翻
在褶皱的底部，还有夜里
那些虚弱的看管人在守望，
对夏天温热的凉意无动于衷，
女士躺在他身旁，当他向她的嘴唇倾诉老生常谈，
如同太阳的元气，命中注定。
无论索取多少，它都给予驼峰般的回报
从斑驳的国库拨出未启封的款项。

六　留着卷发的女儿们

预兆性宣读，音节
与被赐福的音节联姻，声音
在如歌的曲调中幸福地冒泡，

多产而痛苦的音乐的
温柔,当它达成一致,
恰好遇到克里斯平最后的推论
并大胆地敲钟。以骄傲的温柔
弹拨出他宏大的宣言和嘱托。

女娃来了,受他抖晃,眼睛如矢车菊
手无触感,却又刺痛地触摸着,
在他多云的膝盖,先知的关节上
不给年幼的预言者留出任何空间。
回归社会本性,一旦开始,
进军或惨败,上坡或下坡,
把他卷入如此密集的助产术中
他的小木屋充当圣物管护所,
然后是恼人的轿子之地,然后是孩子们
出没之地,啃食抹了糖的虚无,
明显露出老态的婴儿,穹顶
和圣地,为没梳辫子的女人所准备,
世上绿色水果的绿色填充者,
为其癫狂而竞标和等待的人,
克里斯平和他的黏土的真正的女儿们。
这一切,连同对这个人的多次骗取,
有效的殖民者因他自己大面积的绽放
猛然止步于门前庭院里。
但这朵花愈发成熟,露出

最终圆润的端倪，辛辣

如天气般的胭脂幼稚的色彩，会让

止步者复杂，成为放纵的宿命论者，

而这点未曾预见。克里斯平先是对着

他最金灿的姑娘微笑，她宛若

卷尾猴国度的居民，

红晕娇羞，目光谦卑，

专注于隐秘而独特的

事物的花冠。然后是第二位

相似的少女

与第一位恍如姐妹，只是尚未

醒来，除了母亲般的脚步，

有时却会惊讶于被扰动的睡眠。

接着是第三位，在光线中还是亚麻色，

在招展的树叶下爬行。然后是第四位，

闹成一团，被些小玩意逗得不行，

吵吵嚷嚷，亵渎般的粉色。

几年之后，小木屋比原来更高傲

朱红的卷尾猴带来

更适合这样房子的美妙兆象。

第二位嬉戏的姐妹

羞于从她笨拙的拼凑中取出

翅膀完全剪掉的那一个，炽热的怀抱者。

第三位睁大眼睛看黄鹂

娴雅地自习文化，适宜

珍珠般的女诗人,因尽情吟诵而憔悴。

第四位,现在被关了起来,对数字很好奇。

四个女儿,在过于复杂的世上

起初,四件构造不同的欢快乐器,

四个声调分歧的嗓音,

多了四个面具,亲密

如小丑而各异,四面蓝镜子

应该是银色的,四粒习以为常的种子

透露不可置信的色调,四束雷同的光

在欢腾的黑暗中展开半音,

四个提问者,四个肯定的回答者。

克里斯平从溃败中编造教义。

这个世界,一个曾如此轻易拔出的萝卜,

装进麻袋,运到海外,抹掉

古老的紫色,修剪成繁殖的主体,

被最呆板的现实主义者再次播种,

再次生成紫色,家族之源,

同样不可化解的一块。宿命论者

走了进来,把窃笑咽下嗉囊,

不优雅,无抱怨。为此逸事谱曲

它为其精髓而发明,在形式上

而非设计上有教义,如克里斯平所愿,

伪装的宣言,概述,

秋天的纲要,自身刺耳

却又缄默，冥想，完美地旋转于
那些在他的膝上
达成和谐的重音、音节
和乐声中，就像它们内在的领域，
六翼天使的纯洁宣言
以洪涌向前的气势宣读出来。
或者，如果音乐卡住，如果逸事
虚假，如果克里斯平是个
徒劳的哲学家，以绿色浮夸开场，
褪色地结束，如果作为一个
易于紊乱的人，他的味觉减退，
浮躁，笨拙，善变，晦暗，
用余光掩饰他的生活，用幽灵
吞噬的奇想，照亮朴素寻常的事物，
将慌乱与年份隔开，
用杂乱的滴液制造吞咽的药剂，
如此扭曲，证明其所证明
什么也不是，这一切又能如何？
既然这种关系和善地到了尽头。

那么每个人的关系都可能被修剪。

来自唐·朱斯特的痛苦

我已完成了和太阳的战斗；
我的身体，这只老动物，
什么都不再知道。

强大的季节孕育并杀戮，
他们自身就是
自己末日的精灵。

哦，暴风雨的自我
太阳和奴隶，繁殖和死亡，
这只老动物，

感官和感觉，还有那声音
那视线，那暴风雨残留的一切，
什么都不再知道。

山谷里的蜡烛

我的蜡烛在苍茫的山谷里独自燃烧。
巨夜之光向它倾注,
直到风起。
然后巨夜之光
向它的影像汇聚,
直到风起。

千人逸事

他说灵魂
是由外在世界构成。

他说他们是东方的人,
他们是东方。
他们是某个省的人,
他们就是那个省。
他们是某个山谷的人,
他们就是那个山谷。

有些人的言语
像家乡的声音
巨嘴鸟的家园中
巨嘴鸟的啼声。
一样自然。

曼陀林这种乐器
属于某个地方。

有西部山峦的曼陀林吗?
有北方月光的曼陀林吗?

一个拉萨女人的长裙
在那里
是那里不可见的元素,
现在可见了。

事物的表面

一

在我的房间里,世界不可理解;
但当我走动时,我看到它由三四座小山
和一朵云组成。

二

从阳台,我审视黄色的空气,
阅读刚写的东西,
"春天像正在脱衣的美女。"

三

金树是蓝的,
歌手把大衣盖在头上。
月亮就叠在大衣褶子里了。

高调的基督徒老妇人

诗是最高虚构,太太。
拿道德法则建造正殿,
再从正殿建造魂绕的天堂。这样,
良知化作棕榈,
仿佛风中的七弦琴渴望颂歌。
原则上我们同意。那很清楚。
用相对的法则建一列柱廊,
从那儿布置假面舞会,
越过星群。这样,我们
并没有受墓志铭净化,最终
纵欲,同样化作棕榈,
像萨克斯一样扭来扭去。棕榈对棕榈,
太太,我们就在起始处。那么,
承认你不满的信徒
在星群场面上鞭挞自己,
在游行时鞭打他们毛茸茸的肚皮,
自豪于这种崇高的新奇,
这种叮当咚哦咚咚,太太,
也许,仅仅是也许,他们自己
会在群星中发出欢快的喧闹声。
这会使寡妇们恐惧。但虚构的事物
随意眨眼,尤其是当寡妇们恐惧时。

孤鸫之所

让孤鸫之所
做永恒起伏之地。

无论是在海中
黛青的水轮上,
或是在海滨
运动,或是运动的声音,
都不能停止,声音的更新
以及多层的延续

尤其是思想的运动
不息的叠演,

孤鸫之所,
是永恒起伏之地。

玄学家屋里的窗帘

那么这些窗帘的飘摆

充满了漫长的运动；像距离

骤然紧缩；或是像

不可从其下午分离的云朵；

或是光的变化，寂静的沉落，

夜晚宽阔的睡眠

与孤独。所有的运动

在我们之外，像苍穹

升起，落下，裸露

那最后的庞然，轮廓清晰。

冰激凌皇帝

把卷大雪茄的家伙叫来,
肌肉粗壮的那个,让他
在厨房杯子里搅打催欲的乳料。
叫那些妓女身着穿惯的花衣
闲逛。叫那些男孩
把上月报纸里的花束拿来。
让是成为似乎是的终曲。
唯一的皇帝是冰激凌皇帝。

冷杉木梳妆台
掉了三个玻璃球柄,
从里边取出那条
她绣了扇尾鸽的床单,
把它摊开,盖住她的脸。
如果她长茧的双脚凸出来,它们
不过显示她有多冷,多静默。
把灯打开。
唯一的皇帝是冰激凌皇帝。

古巴医生

我到埃及去躲避
那个印第安人,
但他从云端向我进攻。

这不是下在月亮里的蛆
从幽灵的高空蠕动下来,
在舒适的沙发上做梦。

印第安人进攻后消失了。
我知道敌人就在附近——我
在夏天最瞌睡的羊角里打盹。

在红宫喝茶

因为我在紫光中走下西天,
穿过你称为最孤寂的
空气,还因为我是我自己。

抹在我胡须上的油膏是什么呢?
响在我耳边的赞美诗是什么呢?
那浪涛卷过我的海又是什么呢?

金色的油膏从我的思想中滴下,
我的耳朵唱出它们听到的赞美诗。
我自己是那片海的罗盘。

我是自己在其中行走的世界,
我所见所听所感的来自我自己,
那里我发现自己更真实也更陌生。

十点钟的觉醒

那些房子里

有穿白睡衣的幽灵出没。

没有绿色的,

也没有紫色镶绿边的,

也没有绿色镶金边的,

也没有金色镶蓝边的。

没有一个是陌生的,

穿着绣花锦袜

束着珠饰彩带。

人们不会

梦见狒狒和玉黍螺。

这里那里,只有一个老水手

喝醉了酒穿着靴子睡觉,

在红色的天气里

捕捉老虎。

星期天早晨

一

自鸣得意的睡衣,洒满阳光的椅子上
迟迟未动的咖啡和橘子,
地毯上一只自由的绿色鹦鹉,
这一切合在一起,驱散
古代祭祀的神圣静谧。
她轻轻地梦着,感到
古老的灾难正幽幽逼近,
有如水光中宁静的阴影。
芬芳的橘子和明亮的绿翼
仿佛死者行列中的某些东西,
迂回渡过辽阔的水面,悄无声息,
白昼也悄无声息,像辽阔的水面,
静下来让她梦幻的双足
迈过大海,走向沉默的巴勒斯坦,
那片鲜血和坟墓的圣地。

二

为什么她要把恩惠给予死者?

如果神灵只能在无声的阴影

和梦中出现,那还算什么神灵?

为什么她不能在温暖的阳光中,

芬芳的水果和明亮的绿翼中,

从世上的香膏和美学中,

发现那些如天堂的思想般珍贵的事物?

神灵必须永存于她的心中:

雨的欲望,或落在雪中的情绪;

孤独的痛苦,或林花盛开时

无法压抑的欢欣;秋夜

湿漉漉的路上勾起的情感;

种种欢乐和痛苦涌起,一想到

夏天的绿叶和冬天的残枝。

这些才是衡量她的灵魂的尺度。

三

非人的朱庇特诞生在云端。

没有母亲给他哺乳,没有甜蜜的大地

赋予他神奇的心灵以万千仪态,

他行走在我们中间,仿佛低语的君王

威严地行走在他的雌鹿中间,

直到我们贞洁的鲜血,与天国

混合,把报酬带给欲望,

那群雌鹿在一颗星中看到了报酬。

我们的鲜血会白流么？或是它将成为
乐园的鲜血？这片土地
是否会成为我们将知道的乐园？
那时天空将比现在更为亲切，
劳动的一部分，痛苦的一部分，
在荣耀中，仅次于持久的爱，
而不是这片分裂而冷漠的蓝。

四

她说："我感到满足，当初醒的鸟
在飞翔之前，用悦耳的询问
试探雾蒙蒙田野的真实；
但当鸟儿飞去，温暖的田野
也不再回来，那时何处是乐园？"
没有预言出没的地方，
没有守在墓旁的喷火女怪，
也没有金色的地府，没有
曼歌的海岛，那里居住着幽灵，
没有想象中的南方，没有云彩的手掌
在天堂遥远的山上，如四月的嫩绿
持久；或者像她
对醒来的鸟儿的记忆那样持久，
像她对六月和黄昏的渴望，
被完美的燕子的翅膀倾斜。

五

她说:"在满足中,我仍然
感到需要某种不朽的赐福。"
死亡是美的母亲;只有她
才能满足我们的梦幻,
我们的渴望。虽然在我们的道路上
她撒下遗忘的叶子,
这是痛苦的忧郁走过的道路,很多条道路
胜利摇响黄铜的短语,
爱情温柔地低语着,
她使柳树在阳光下颤抖
习惯于坐着凝视青草的少女们
站起来。她让男孩子们
在被遗忘的盘子里,摆满
新采的李子和梨。少女们尝了,
在落叶上激动地漫游。

六

乐园里没有死亡的嬗变?
成熟的果子永远不落?沉甸甸的枝丫
永远不变地悬在完美的天空下?
然而酷似我们不断消亡的尘世,
那里有像我们一样的河流,寻找

永远找不到的大海,一样的退潮海滩
永远不用难以言喻的痛苦触及?
为什么把梨摆在河岸上,
又用梅子的芬芳弥漫海滩?
啊,它们应该穿上我们下午的绸衣,
我们的色彩,拨动
我们单调的诗琴!
死亡是美的母亲,神秘
在她炽热的怀里,我们
使自己尘世的母亲不眠地等待。

七

喧嚣而骚动的人群
将在夏日早晨的狂欢中
歌唱他们对太阳狂热的信仰,
太阳不是神,而是神的象征,
裸露在他们中间,像野性的源泉。
他们的歌唱将是乐园的歌唱,
从他们的鲜血中返回天空;
层层的歌声中将出现
他们的主人所喜爱的风中湖泊,
天使般的树林,回音震荡的山峦,
歌声在这里久久回响。
他们将深刻理解逝去的人们

以及夏日清晨天国的友情。
他们足上的露水将明示
他们从何处来，向何处去。

八

她在寂静的水面上听见
一声叫唤："巴勒斯坦的坟茔
不是徘徊的幽灵的门廊。
那是基督安息的坟墓。"
我们生活在太阳古老的混沌中，
在对昼与夜古老的依赖中，
在孤立无援而自由的岛上，
被无法逃避的大片水域围困。
鹿群在我们的山上漫游，
鹌鹑对我们尽情歌唱；
甜甜的草莓在荒野里成熟；
在天空的孤寂中，
黄昏时分，偶然的鸽群
形成起伏的波浪，它们
展开双翼，沉入黑暗。

提灯笼的处女

玫瑰丛中没有熊,
只有一个黑女人,猜想
关于美人灯笼的那些事

没一样是对的
黑女人走向那里,作为告别的义务。
走了很久,很久。

可惜她虔诚的出走
不过充盈一个黑女人的守夜
以如此强烈的炎热!

解 释

唉,妈妈,
我一直在这条
黑色的旧连衣裙上
绣法国花。

不是用浪漫,
这里没有理想的东西
不是,
不是。

亲爱的,
如果我曾想象
自己穿着橙色长袍
仿佛教堂墙上的天使
在空中飘荡,
一切本会那么不同。

六种意境

一

一位老人
坐在松树阴影里
在中国。
他看见蓝色和白色的
飞燕草
在树影边上,
在风中移动。
他的髯须在风中移动。
松树在风中移动。
水草上的水
流过。

二

夜的颜色
是女人手臂的颜色:
夜,女性,
朦胧,
芬芳而柔软,
藏起她自己。

池塘闪烁着,
像一只手镯
在舞蹈中摇动。

三

我用一棵高树
测量自己。
我发现自己比树高得多。
我用眼睛
触到了太阳,
用耳朵
触到了海滨。
无论如何,我不喜欢
蚂蚁在我的影子里
爬进爬出的方式。

四

当我的梦靠近月亮,
它睡衣的白褶
洒满黄光。
它的脚掌
发红。
附近的星星
把蓝色的晶体

注入
它的头发。

五

不是所有灯柱的刻刀,
不是长街的凿子,
不是圆屋顶的槌
和高塔,
都能刻出
星星所能刻出的,
透过葡萄叶闪闪烁烁。

六

理性主义者戴着方帽子
在方形的房间里思想,
望着地板,
望着天花板。
他们把自己限制于
直角三角形内。
假如他们试过菱形,
锥形,曲线,椭圆——
例如,半月的圆弧——
理性主义者就会戴宽边帽。

坛子逸事

我把一只圆形坛子
放在田纳西的山顶。
凌乱的荒野
围向山峰。

荒野向坛子涌起,
匍匐在四周,不再荒凉。
圆圆的坛子置在地上,
高高地立于空中。

它君临四界。
这只灰色无釉的坛子。
它不曾产生鸟雀或树丛,
与田纳西别的事物都不一样。

青蛙吃蝴蝶。蛇吃青蛙。猪吃蛇。人吃猪

确实,流淌的河水像猪一样拱着鼻子,
拖蹭着河岸,直到它们似乎只是
昏昏欲睡的食槽里枯燥的肚子声,

空气沉闷,弥漫着这些猪的呼吸,
浮肿的夏天的气息,沉闷,
伴着雷电的交错轰鸣,

搭建小屋的男人,耕种
这片土地,照料了一阵子,
并不知道形象的诡谲,

懒散、枯燥的时光,
在河岸里拱着鼻子,模样很怪异,
这样的昏昏欲睡和交错轰鸣,

似乎在他干枯的身体上吮吸它们自己,
猪一样的河流吮吸着自己
当它们朝海边流向海口。

杨柳树下茉莉花美丽的遐想

我的欢乐没有脚注
对它们的追忆,是奇特的音乐
飘荡的音符。

爱情不可能
以古老、炸响、举火把的方式远引,
只能冥思自己的古怪,

恰似生动的体悟
对石膏哑巴之外的幸福,
或是兴高采烈的彩纸纪念品,

对隐匿在外表下的幸福,
在内心的海洋中晃动起
悠长变幻的赋格曲和赞歌。

文身

那光像一只蜘蛛,
爬过水面,
爬过雪地的边缘。
它在你的眼皮下爬行
在那里结网——
它的两张网。

你两只眼睛的网
牢牢地结在
你的肉和骨骼
一如结在橡子或草丛。

你眼睛的细丝
漂在水面
和雪的边缘。

风在移动

风这样移动着
像一个老人的思想,
他仍然热切而绝望地
思想着。
风这样移动着:
像一个不带幻想的人,
她仍然感到体内荒谬的事物。
风这样移动着:
像骄傲地走过来的人们,
像愤怒地走过来的人们。
风这样移动着:
像一个人,沉沉重重,
却并不在意。

深紫色夜晚的两个人影

我宁可让旅馆的侍者拥抱
并不比你潮湿的手
从月光获得的更多。

成为我耳中黑夜和佛罗里达的声音。
使用晦暗的词语和晦暗的意象。
幽冥你的话语。

说吧,仿佛我没听见你在说话,
而在我的思想中完美地为你说出
想象的词语。

黑夜在寂静中想象阵阵海声,
用低沉单调的丝音写成
一支小夜曲。

说吧,幼稚的人,说那些秃鹰伏在山脊
睡着,一只眼睛望着群星
落进基韦斯特[1]。

---

1 基韦斯特(Key West),美国本土最南端城市,在佛罗里达群岛西南端的小珊瑚岛上。

说那些棕榈在纯蓝里很清晰，
清晰而朦胧，说那是夜；
月亮照耀。

原 理

我是我周围的事物。

女人们懂得这点。
那不是公爵夫人
离四轮马车一百码远。
这些是肖像:
幽暗的前厅;
帷幕遮住的高床。

这些只是例子。

彼得·昆斯弹琴

一

当我的手指在琴键上
弹奏音乐,同样的声音
在我心灵上也弹出音乐。

那么音乐是感觉,而不是声音;
那么音乐是我的感觉,
在这个房间里,我渴望你,

想念你幽蓝的绸衣
是音乐。仿佛苏姗娜
在长者心中唤起的曲调。

绿色的夜晚,清亮而温暖,
她在寂静的花园里沐浴,
而红眼睛的长者望着,感到

他们生命的低音区震颤
迷人的和弦,他们稀薄的血液
搏动着赞美的拨奏曲。

二

绿色的水，清亮而温暖，
苏姗娜躺在水里。
她寻找
春天的抚摸，
找到了
隐藏的想象。
她叹息
为了众多的曲调

她站在岸上
站在感情消退后的
清凉里。

她在树叶间感到
古老献身的
露滴。

她在草上行走，
依然在颤抖。
风像她的侍女
蹑手蹑脚，
为她取来，
还在抖动的披巾。

一口气吹在她手上
夜悄然无声。
她转过身——
一声铙敲响，
号角齐鸣。

三

很快，伴着手鼓的敲击，
来了她的拜占庭婢女。

她们不明白为什么
苏姗娜对身边的长者呵斥；

她们低语着，那迭句
像雨水敲打着柳叶。

不久，她们的灯焰燃起，
照亮了苏姗娜和她的羞耻。

于是，痴笑的拜占庭少女
逃了，伴着手鼓的敲击。

四

美在心灵中转瞬即逝——
像门时开时闭;
但在肉体中它是永恒的。

肉体死亡;肉体的美却活着。
所以在绿色夜晚的死亡中
水波不停地流动。
所以花园死亡,而温柔的呼吸
使冬天的僧衣散发香味,完成忏悔。
所以少女们死去,而少女的合唱
欢庆来临的曙光。

苏姗娜的音乐拨动了
那些白发长者的淫弦;但她逃了
只留下死神嘲弄的刮擦。
现在,在这不朽中,在她
记忆清越的六弦琴上弹奏,
举行永恒的赞美圣仪。

观察黑鸟的十三种方式

一

周围,二十座雪山,
唯一动弹的
是黑鸟的眼睛。

二

我有三种思想
像一棵树
栖着三只黑鸟。

三

黑鸟在秋风中盘旋。
它是哑剧的一小部分。

四

一个男人和一个女人

是一个整体。
一个男人和一个女人和一只黑鸟
也是一个整体。

五

我不知道更喜欢什么
是变调的美,
还是暗示的美,
是黑鸟啼鸣时,
还是鸟鸣乍停之际。

六

冰柱为长窗
镶上野蛮的玻璃。
黑鸟的影子
来回穿梭。
情绪
在影子中辨认着
模糊的缘由。

七

哦,哈达姆[1]瘦弱的男人,
你们为什么想象金鸟
你们没看见黑鸟
在你们身边女人的脚下
走来走去?

八

我知道铿锵的音韵
和透明的、无法逃避的节奏;
但我也知道
我所知道的一切
都与黑鸟有关。

九

黑鸟飞出视线,
它画出了
许多圆圈之一的边缘。

---

[1] 哈达姆(Haddam),史蒂文斯所在的康涅狄格州的城市。

十

看见黑鸟
在绿光中飞翔,
买卖音符的老鸨
也会惊叫起来。

十一

他乘一辆玻璃马车
驶过康涅狄格州。
一次,恐惧刺穿了他,
因为他错把
马车的影子
看成了黑鸟。

十二

河在流,
黑鸟肯定在飞。

十三

整个下午宛如黄昏。
一直在下雪,

雪还会下个不停。
黑鸟栖在
雪松枝上。

士兵之死

生命萎缩，死亡在预料之中，
正如在秋季
士兵倒下。

他没有变成三天的大人物，
把告别强加于人，
举行盛大的典礼。

死亡是绝对的，没有纪念日，
正如在秋季，
风停息，

当风停息，天上
白云依旧
走自己的路。

超人的惊讶

宫女的法庭
廊柱耸立在地平线上。

如果失落于超人性,
我们悲惨的境地或许会骤然改观。

国王们勇敢的言论
更扭曲了我们人类错误的事物。

公共广场

黑色斜线支棱着
仿佛一座碎裂的大厦
被蓝色斜面支撑着
月亮昏迷。

斜线,大厦坍塌了
桥塔和码头也坍塌了。
山蓝色的云升起来
仿佛它们深陷其中。

慢慢坠落,就像在夜里
懒散的守门人
提着灯笼穿过柱廊
让整栋建筑昏睡。

逐渐转凉,沉寂。
广场开始放晴。
阿特拉斯的宝石,月亮
抛出最后的瓷质的媚眼。

在晴朗的葡萄季节

我们的土地和大海之间的群山——
群山和大海和土地的结合——
从前我可曾停步想起这一点?

当我想起土地,我想起那房子
桌上有一大盘梨子,
青绿中泛着朱红,摆在那儿展览。

但滚动的青铜下这片粗野的蓝
使那些精心选择的涂鸦黯然失色。
更明亮的果实!阳光和月光下的一闪。

如果它们的意味不过如此,确实如此。
还有群山和大海。还有我们的土地。
还有霜雾的波动和狐狸的尖叫。

远不止于此。秋天的通道
布满岩石的影子,
他的鼻孔绕着每个人吹出盐。

印第安河

信风把印第安河船坞旁饲草架附近的渔网上的铁环
 吹得叮当作响
棕榈岸下水草间的河水发出同样的叮当声。
飞出雪松落在橘树上的红鸟也发出同样的叮当声。
但佛罗里达没有春天,隐蔽的树丛中没有,女修道院
 外的海滩上也没有。

茶

公园里，象耳芋叶
在寒霜中皱缩，
小径上的落叶
耗子般跑动，
你的灯光落在
闪亮的枕头上，
海的阴影，天空的阴影，
像爪哇的雨伞。

秩序的概念

午餐后的航行

是贬损这个词伤人。
我这艘老船靠拐杖航行
还未上路。
一年中就值此时
一天中就值此时。

也许是因为我们吃过的午餐
或者我们本该吃的午餐。
但无论如何,我是
最不合适的人
在最不顺遂的地方。

我的上帝,听听诗人的祈祷吧。
浪漫的应在这里。
浪漫的应在那里。
它应无所不在。
但浪漫的绝不能停留,

我的上帝,浪漫绝不可再回来。
这沉重的历史风帆
驶过湖水最霉的蓝色

在一艘令人眩晕的船上
全然是最乏闷的虚伪……

它绝非人所看见的。
不过是人感受的方式，
说我的灵气在哪儿，我就在哪儿，
说微风扰帆，
说今天水流湍急，

去除掉所有的人，成为
华丽轮子的瞳孔，赋予
肮脏的帆些许超然，
光线中，人们感觉锋利的白
明亮地冲过夏天的空气。

欢快的华尔兹悲伤的旋律

事实就是如此,有时
我们不能哀悼音乐
它不过是很多静止的声音。

有时华尔兹不再是
欲望的模式,不再是
毫无阴影的揭露欲望的模式。

那么多华尔兹结束了。
接下来是倾心于山的胡恩,
他的欲望不再是华尔兹的欲望,

从孤寂中找到了形式和秩序,
形态不再是人的形体。
对他来说,他的形式已经消逝。

太阳和大海都没有秩序。
形态已失去了光泽。
突然出现的人群,

这些突然涌出的面孔和手臂,

巨大的压抑,得以释放,
这些声音哭喊,却不知为何。

只想要快乐,却不知如何,
强加的形态,无法描述,
渴求的秩序,无力言说。

那么多华尔兹结束了。然而
声音所哭喊的这些形态,也许
是欲望的模式,揭露欲望的模式。

太多的华尔兹——不相信的史诗
越来越频繁地鸣响,很快会成为常态。
某个和谐的怀疑者,很快在怀疑的音乐中

把这些人和他们的影子统一起来
再次带着动感闪亮,而音乐
会是运动,充满阴影。

怎样活,如何办

昨夜,月亮从这块石头上升起
和世界一样不太纯洁。
男人和他的伴侣停下脚步
欣赏这壮丽的奇观。

瑟瑟风声
凉冰冰落在他们身上:
离开焰纹绚烂的太阳。
寻找烈火熊熊的太阳。

长满青苔的石头,从林间
冉冉升起,那么赤裸,
隆起的山脊
仿佛巨人的手臂伸到天上的云朵里。

没有声音,没有戴冠的意象,
没有唱诗班指挥,没有牧师。唯有
岩石的高度,
两个静立的人。

它吹出寒风,发出声音,

不是大地上的尘嚣,
他们已远离人世,
雄壮的声音那么欢乐,激昂而确信。

挥 别

也许挥手,也许哭泣,
是哭是喊,总是别情依依,
泪眼道声珍重,
也许只需静立,不必挥动手臂。

此生后不再有来世,停下
即是终结,比离别更深,更无奈,
别了,别了,一声又一声,
只须站立,只须静观。

做真正的自我,鄙视
那种给予太少,获得
太少,关心太少的生命,
仰望青天常青,且啜

杯中美酒,不必说什么话语,
小寐一番,或是静卧一会儿,
只要到场,让人看到,
那就是道别,祝离人一路平安。

人们总喜欢这样。或许,

他们是做给天看。总是
那么高兴，除了天气那里还有什么？
如果没有阳光，我还有什么精神？

秩序的概念,在基韦斯特

她在大海的精灵[1]之外歌唱。
海水从未依思想或声音形成,
像全然躯体的躯体,舞动着
空荡的衣袖;然而它的模仿动作
发出持续喊叫,持续地引起一种喊叫,
不是我们的,虽然我们懂,
而是非人的,真实海洋的。

大海不是面具。她也不是。
歌声和海水不是混合的声音,
即使她所唱的是她所听到的,
因为她所唱的是一词一词唱出的。
也许在她所有乐句中都搅动起
拍打的水和喘息的风。
但我们所听到的是她,而不是大海。

因为她就是她所唱之歌的创造者。
永远蒙着头罩、做出悲剧手势的大海
不过是她踏浪而歌的地方。

---

[1] 史蒂文斯在此所谓"精灵"指一个地方的守护精灵(genius loci)。

这是谁的灵魂?我们说,因为我们知道
这就是我们所追求所了解的灵魂,
她歌唱时,我们应该经常这样询问。

如果这只是大海黑暗的声音,
升起来,甚至以层层波浪染色;
如果这只是天空和云朵
以及水墙内的珊瑚的外部声音,
不管多么清越,它不过是幽深的空气,
空气的起伏话语,无尽的夏天里
重复的夏天声音,
只是声音。但又不止于此,
甚至不止于她的和我们的声音,
在水和风毫无意义的颠簸中,
戏剧般的距离,青铜的阴影
堆积在高高的地平线上,天空和大海
山峦般的氛围。
  她的声音
让天空在消失时最为敏锐。
她将其孤寂衡量到小时。
她是她在其中歌唱的世界里
唯一的艺造者。当她歌唱时,无论
大海有怎样的自我,都变为她歌曲
所是的自我,因为她是创造者。然后
当我们注目她独自在那里迈步,

我们便知道从未有过属于她的世界，
除了她歌唱，并以歌唱创造的这个。

拉蒙·费尔南德斯[1]，告诉我，如果你知道，
为什么，当歌声结束，我们转身
走向小镇，玻璃般的灯火，
停泊在那里渔船上的灯火，
当夜幕降临，倾斜在空中，
为什么会主宰夜晚，划分大海，
定出有纹章的区域和火状柱，
安排，深化，魅惑夜晚。

哦！天佑的秩序怒火，苍白的拉蒙，
创造者排列大海的词语的怒火，
隐约星灿的芬芳门户的词语，
我们自己及我们的起源的词语，
在更幽灵般的分界，更凄清的声音中。

---

[1] 拉蒙·费尔南德斯（Ramon Fernandez，1894—1944），现代小有名气的法国批评家，但史蒂文斯自称他只是随意选了个西班牙语名字。

莫扎特,1935

诗人,请坐在钢琴前
弹奏当下,它的呼呼呼,
它的倏倏倏,它的瑞克尼克,[1]
它妒忌的大笑。

要是他们在屋顶上扔石头
当你练习琶音时,
那是因为他们顺着楼梯
搬下一具衣衫褴褛的尸体。
请坐在钢琴前。

那澄澈往日的纪念物,
游戏曲;
那缥缈的未来梦,
晴空协奏曲……
雪正在飘落。
敲响刺耳的心弦。

你要成为那声音,

---

1 这几个叠音象声词,模仿美国1930年代的音乐。

而非你。你要,你要
成为那愤怒恐惧的声音,
围城般痛苦的声音。

你要成为那冬天的声音
当狂风呼啸,
悲伤因此得以释放,
排解,宽恕
在满天繁星的抚慰中。

我们可以回到莫扎特。
他很年轻,而我们,我们都老了。
雪正在飘落
街道一片哭声。
请坐,您。

灰色石头与灰色鸽子

大主教不在。教堂是灰色的。
他把长袍叠好,放进樟木柜中
穿着黑衣,走在
萤火虫当中。

细瘦的扶壁,细瘦的塔尖
排列在石头云下
立在固定的光线中。
主教休息了。

他不在。教堂是灰色的。
今天是他的假日。
教堂司事露出司事的眼神
在空中巡视。

迟疑的黄金洒落一地
弄湿了鸽群,
黄金在动,鸽子们也跟着动,
把羽毛晾干。

鸽子们从来不飞

除非主教经过,
困在今天和明天的球体里
穿着他彩色的长袍。

首都的裸体

羊毛主人,但赤裸关系到最内在的原子。
如果那点都还隐藏着,臀部还有什么用呢?

罗曼司的重演

夜晚不知道夜晚的吟唱。
它是它,正像我是我:
感觉到这一层,我就最好地感觉到了自己

和你。只有我们俩能交换
彼此能给予的东西。
只有我们俩是一体,不是你和夜晚,

不是夜晚和我,而是你和我,孤独,
如此孤独,如此深入,
不是通常的寂寞。

那个夜晚不过是我们的自我的背景,
每个人都对各自的自我绝对忠实,
每个人都向对方洒去淡淡的光芒。

读 者

我整夜坐着读一本书,
仿佛坐在一本
暗淡书页的书里。

已是秋天,流星
掩饰了月光下
萎缩的影子。

我读书时没点灯,
有一个声音在说:"一切
复归寒冷,

树叶落尽的果园里
那些麝香葡萄
香瓜和红梨。"

暗淡的书页上没有字,
除了霜天中
流星的轨迹。

泥沙主人

春天泥沙翻滚的河流
在泥沙骚动的天空下
呐喊。
心灵也沾满了泥沙。

对于心灵,
新绿的堤岸
尚未出现;

天边的黄金
尚未出现。
心灵的呐喊。

肤色最黑的小孩,
泥沙有它的主人。
光箭在远方
从空中落到地上。
那就是他——

绽开桃花蓓蕾的人,
泥沙主人,
心灵的主人。

恰似黑人墓地里的装饰

(给阿瑟·鲍威尔)

一

在遥远的南方,秋天的太阳正在消逝
就像沃尔特·惠特曼漫步在红色的海岸。
他唱着歌,歌唱属于他的东西,
过去和将来的世界,死亡和白昼,
他歌唱,没有什么是最终的。没人能看到结局。
他的胡须如火焰,他的手杖如跳跃的火苗。

二

为我叹息吧,夜风,在喧闹的橡树叶间。
我累了。为我睡吧,天堂就在山上。
为我呐喊吧,大声再大声,快乐的太阳,当你升起的时候。

三

那是十一月初,树林叶子飘零
它们的黑色变得明显,人们开始了解
异乎寻常,是设计的基础。

四

在霜冻垫子之下,在云朵垫子之上
二者之间是我的命运天空
霜冻和云朵的命运
相仿,除了拉比的规矩,
幸福的人们,辨别霜冻和云朵。

五

如果停止了对宁静信仰的追寻,
未来可能不再从过去浮现,
过去慢慢地都是我们;然而追寻,
和从我们身上显现的未来,似乎是一体。

六

我们应该死,除了为穿着
白垩和灰紫长袍的死神而死。
不要以教区的方式去死。

七

今天下午的感觉多么流畅
只消最简单的话:

现在去地里干活,太冷了。

八

出自神殿的精神,
空虚而浮夸,让我们来写赞美诗吧
像恋人那样偷偷地歌唱。

九

在一个普遍贫穷的世界里
只有哲学家才会发胖
迎着秋风
在一个将会永恒的秋天。

十

在告别和缺席告别之间,
最后的仁慈,和最后的损失,
风,和突然落下的风。

十一

云像一块沉重的石头在上升

通过同样的意志,失去它的沉重,
从浅绿变成橄榄绿,再变成蓝色。

十二

你对蛇的感觉,阿南刻[1],
你回避的步伐
增加不了霜冻的恐怖
在你的脸和头发上闪闪发亮。

十三

鸟儿在黄色的露台上歌唱,
啄食比我们的更放荡的外壳,
出于绝对的友善。

十四

大门上的铅制鸽子
一定会怀念铅制伴侣的对称,
一定会看到她的银色扇翼翕动。

---

1 阿南刻(Ananke),古希腊神话中的必然、定数女神。

十五

初雪时,享用这些红色水果,
它们就像图莱[1]的书页
在新社会的废墟中阅读,
偷偷摸摸地,在烛光下,需要的时候。

十六

如果思维可以被吹走
要把居住的地方留下
给那些对简单空间有感觉的人。

十七

亚洲的太阳爬上地平线
爬进这憔悴而虚弱的空气,
一只被虚无和霜冻弄瘸的老虎。

十八

我要与毁灭我的人搏斗吗
以博物馆里肌肉发达的姿势?

---

[1] 保尔-让·图莱(Paul-Jean Toulet,1867—1920),法国抒情诗人。他的诗作根植于传统,又追求超现实的新奇境界。

但我的毁灭者从不去博物馆。

十九

当夜晚结束时,入口打开,
一个人向前跑着,双臂如演练般伸开。
第一幕,第一场,德国国家歌剧院。

二十

啊,那毫无意义的、自然的人像!
揭示性畸变应该出现,
眼睛里的玛瑙,毛茸茸的耳朵,
兔子终于胖了,在玻璃般的草地上。

二十一

她只是记忆中薄薄的影子,
薄如埋在雪下的古老的秋天,
让人回想起一场音乐会,或一家咖啡馆。

二十二

声音空洞的喜剧,来自
真实,而非对我们生活的讽刺。

所以,木屐,紫色的杰克和深红的吉尔。

二十三

鱼在渔夫的橱窗里,
谷粒在面包师的店里,
猎人在野鸡倒下时大喊。
想想后悔的奇怪形态吧。

二十四

一座桥在明亮湛蓝的水面上
河水结冰时,还是那座桥。
富有的半斤,贫穷的八两。

二十五

从黄鹂到乌鸦,注意音阶的
下降。乌鸦是现实主义者。
然而黄鹂,也可能是现实主义者。

二十六

硕大的比利时葡萄,抢了
红褐色光环盛宴的风头。

猪！主人，此时此刻，葡萄就在这儿啊。

二十七

约翰·康斯特布尔，他们永远无法移植，
我们的溪流拒绝了昏暗的学院。
当然，皮克特人[1]对铁狗和铁鹿的品味
用另一种方式让我们印象深刻。

二十八

一只梨应该汁液绽爆才端上桌，
在温暖中成熟，在温暖中享用。在这样的
条件下，秋天诱惑着宿命论者。

二十九

用暴力掐死每一个鬼魂，
踩下磷光脚趾，撕掉
紧贴在骨头上的组织。
沉重的钟声轰隆隆响着。

1　皮克特人（Picts），加勒多尼亚（现今的苏格兰）的先住民。

三十

公鸡半夜啼叫,从不下蛋,
公鸡整天叫个不停。公鸡啼鸣,
母鸡战栗:丰盈的鸡蛋已造好,产下。

三十一

满水的磨坊,或狂暴的头脑。
灰色的草随风翻滚
荆棘丛生的树林在河岸上旋转。
实际上是一种灵巧的施舍。

三十二

诗歌是一种挑剔的空气
不确定地活着,不会长久
但光芒四射,远超更有光泽的模糊。

三十三

纵有一身紫色,紫色的鸟
也要有安慰自己的音符,可以重复
因稀有而极度的乏味。

三十四

平静的十一月。星期天，在田野里。
死水中静止的倒影。
然而，看不见的水流显然在循环。

三十五

人和人事，很少让
这位天气专家挂怀，他不停地把人
想为抽象、滑稽的总和。

三十六

孩子们去睡觉，半道
会在楼梯上哭叫，会说出这句短语，
星光熠熠的酒徒将要出生。

三十七

昨天，玫瑰还在向上生长，
把花蕾推到深绿色的叶子之上，
在秋天高贵，而且比秋天更高贵。

三十八

柯罗专辑还为时尚早。
再过一会儿,天就黑了。
金色的雾并不完全是雾。

三十九

不是艺术大师的海洋
而是丑陋的外星人,会说话的面具
有些事虽然莫名其妙,却可以理解。

四十

总是排成行的标准曲目
那会很完美,如果每个人不是
从自己开始,而是在上一人结束时开始。

四十一

菊花微苦的清香,每一年
都来掩饰机器中的机器中的机器中
叮当作响的机械装置。

四十二

香肠制造者之神,神圣的行会,
或者,可能是最纯粹的守护神。
就像在神圣的镜子里变得高尚。

四十三

奇怪的是,生命的密度
在给定的平面上是可以确定的
只要把看到的腿数除以二。
至少人数是可以定下来的。

四十四

第一个回合,清新比劲吹的东风更厉害。
秋天,没有纯真这回事。
然而,也许纯真从未丢失。

四十五

又一个幸福的时刻,这句话
是女人说的,不太可能满足
即使是乡下鉴赏家的品味。

四十六

一切都像时钟嘀嗒作响。一个
最终因时间而发疯之人的柜子,
尽管有布谷鸟,一个对挂钟狂热的人。

四十七

太阳正在寻找明亮的东西来照耀。
树是木制的,草又黄又稀。
池塘并不是它寻找的表面。
它必须从自身创造出它的色彩。

四十八

音乐还没写出来,但一定会写出来。
准备很漫长,意图很久远
那时声音将比我们自己更微妙。

四十九

它需要大雨滂沱的夜晚
让他回到人们身边,在他们中间寻找
他们不在时他所发现的,
一种快乐,一种放纵,一种迷恋。

五十

弱者联合起来,产生力量
而非智慧。召唤起所有的人,
为秋天一片飘落的叶子复仇?
而智者复仇,把城筑在雪里。

寄自火山的明信片

拾起我们的骨头的孩子们
绝不会知道,曾经
它们和山上的狐狸一样迅捷;

秋天,葡萄用它们的味道
让尖锐的空气更加锋利
它们存是,呼吸冷霜;

孩子们绝不会知道
我们的骨头留下了很多,留下
事物的样子,留下

我们的所感所见。春云浮动
掠过紧闭的宅院,
掠过我们的大门,刮风的天空

喊出学者的绝望。
我们很久就知道大宅的样子
而我们所谈论的

已成为它的一部分……孩子们

依然在编织花蕾的光环,
会讲我们的语言,却不会知道这些,

他们会说起这座大宅,仿佛
他曾住在里面,留下
灵魂,在空白的墙壁里怒吼,

被掏空的世界,一座肮脏的宅子,
片片阴影叠积成白色,
涂满绚日的黄金。

鱼鳞日出

骨骼的旋律多么美妙,尽管昨夜响了一夜的音乐,
今天还是今天,舞蹈已经结束。

露水沾在你昨夜弹奏的稻草乐器上,
空荡荡的大路上一条条车辙金红。

你吉姆,你玛格丽特,你《鸽子》[1]演唱者,
公鸡一声声啼叫,越叫越响,

虽然我的心灵感受到这一刻背后的力量,
心灵还是比眼睛小。

太阳升起来了,在田野里,在天空中,青翠碧蓝。
云朵预示大雨将至。

---

1 《鸽子》(*La Paloma*),古巴民歌,可能是西班牙语中历来最流行的歌曲。

巍峨城堡

真倒霉,来到这里
只见床铺空空?

本来可以找到悲剧的头发,
苦涩的眼睛,敌意而冰冷的手掌。

书上本来会有一丝光线,
照亮一两行冷酷的诗句。

窗帘上本来会有
微风无边的孤寂。

冷酷的诗句?只有几个字,
翻来覆去,翻来覆去。

真好,床铺空空,
窗帘僵硬整洁,纹丝不动。

欢乐的夜晚

吉祥的除夕,
博士先生,这就够了,
虽然你掌中的眉毛也许会悲叹

光的俗语
(省却云的海礁)
园中的青草变紫。

云杉伸出手臂;
黄昏充满
蠕虫的隐喻。

弹蓝色吉他的人

弹蓝色吉他的人

一

那人俯身在吉他上,
像个剪刀匠[1]。日子青郁。

他们说:"你抱着蓝色吉他,
弹奏的事物并不如其所是。"

那人答道:"在蓝色吉他上
如其所是的事物改变了。"

他们又说:"但你弹奏曲调
必须高于我们,又是我们自己,

在蓝色吉他上
事物正如其所是的曲调。"

二

---

1 剪刀匠指毕加索(Pablo Picasso)在《失明的老吉他手》中所画的主要人物,双腿交叉如裁缝的剪刀,穿的衣服肩部破了个大洞。

我弹不出圆融的世界,
虽然我尽可能修整。

我歌咏英雄的头颅,大眼睛,
还有蓄须的青铜,并非一个人,

虽然我可能修整他
并通过他几乎臻于人。

如果小夜曲几乎臻于人
却因此错过如其所是的事物

那么不妨说那是
弹蓝色吉他的人的小夜曲。

三

啊,请弹作品第一号,
把匕首刺进他的心脏,

把他的大脑放在木板上,
挑出刺激的颜色,

把他的思想钉在屋门上,
翅膀向雨雪展开,

敲出他生活的音调，
扬之，抑之，变它为真，

以野蛮的蓝色激荡，
撞响琴弦的金属……

四

那是生命：事物如其所是？
它在蓝色吉他上寻路而行。

一根弦上有一百万人？
他们的举止尽在其中，

所有的举止，无论对错，
所有的举止，无论强弱？

情感疯狂而机巧地呼唤，
像秋天空气中苍蝇的嗡鸣，

那么这就是生命：事物如其所是，
蓝色吉他的这种嗡鸣。

五

不要对我们讲诗的伟大,
地下鬼火般晃动的火炬,

光点上拱顶的结构,
我们的阳光下没有影子,

白昼是欲望,夜晚是睡眠。
无论哪里都没有影子。

我们的大地平坦,赤裸。
没有任何影子。诗

超越音乐,必须取代
空虚的天国和颂歌,

我们自己必须在诗中取代其位置,
即便是在你的吉他的嘈切声中。

六

旋律超越了如我们所是的我们,
蓝色的吉他却什么也没有改变;

我们在旋律中,仿佛在空间里,
然而什么也没改变,除了事物

如其所是的位置,唯一的位置
随你在蓝色吉他上弹奏它们,

这样置于变化的罗盘之外,
在一种终极氛围中感受到;

一瞬间终极,就像
艺术思维似乎终极,

当神学思维成了烟露。
旋律即空间。蓝色吉他

成为如其所是事物的所在,
吉他的感官所作的曲子。

七

太阳分享我们的作品。
月亮什么也没分享。它是大海。

我什么时候才能说

太阳是海洋。它什么也没分享；

太阳不再分享我们的作品，
大地爬满了匍匐的人，

永远不会暖和的机械甲壳虫？
那么我是否要站在阳光下，

就像现在我站在月光下，
称之为善，无瑕慈悲的善，

远离我们，远离如其所是的事物？
不成为太阳的一部分？站在远处，

说它慈悲？蓝色吉他上
一根根琴弦那么冰凉。

八

生动、花哨、膨胀的天空，
倾盆的雷电滚滚而过，

清晨为夜雨冲濯，
翻滚的云朵一片绚烂，

冰冷的和弦里感觉沉重，
奋力驶向激昂的合唱，

在云间哭泣，被空气中
金色对手激怒——

我知道我那慵懒沉闷的弦声
就像暴风雨中的原因；

它让暴风雨降临。
我猛拨琴弦，又戛然而止。

九

那颜色，一片灰蓝，
蓝色吉他在空中

是一种形式，言而不尽，
我也不过是静止如箭的琴弦上

一个驼背的影子，
待造之物的创造者；

那颜色像某种心境中
产生的思绪，悲剧演员的袍子，

他的一半手势，一半言语
以及意义的绸衣

浸透了他忧郁的词句，
舞台的天气，他自己。

十

竖起最红的柱子。敲响钟声
拍打注满锡的空洞。

把文件扔到街上，封印下
死者的遗嘱依然辉煌。

美丽的长号——看啊
无人相信的他来了，

所有人都以为所有人都相信的，
一个坐在铮亮汽车里的异教徒。

在蓝色吉他上击鼓。
从尖塔倾身。高声呼喊：

"我在这里，我的敌手，

与你对抗,吹响圆滑的长号,

带着小小的凄楚,
心中,小小的凄楚,

永远是你结局的前奏,
轻轻一触,男人和岩石顿时倾倒。"

十一

慢慢地,石头上的常春藤
变成石头。女人们变成

一座座城,小孩们变成一片片田野,
浪涛里的男人变成大海。

这是和弦的魔术。
大海回卷男人,

田野捕捉小孩,砖头
化作杂草,所有的苍蝇都被捉住,

翅膀脱落,虫身萎缩,但还活着。
不谐和音渐强。

肚子里的时光
黑暗深处,时光在岩石上生长。

十二

咚,咚,是我。蓝色吉他
就是我。管弦乐

充满大厅,人群走动,
高如大厅。人群的嘈杂声

旋转,减弱成为他在夜里
醒着的呼吸,一切都已说完。

我知道那怯懦的呼吸。
我从哪里始,在哪里终?

拨动琴弦时,我在哪里拾起
那号称不是我

却又必是我的东西?
它不可能是别的什么。

十三

闯进蓝色的苍白
是衰败的苍白……

蓝色的蓓蕾，黑色的花朵。满足——
扩张，散播——满足于

无瑕的痴人梦，
蓝色世界的信使中心，

清幽的蓝色，一百个下巴，
多情的形容词熊熊燃烧……

十四

一束光，又一束，而后
一千束光照亮天空。

每一束光都是星和球；
白昼是大气的财富。

大海展示破碎的色彩。
海滩是迷雾的堤岸。

有人说德国枝形吊烛台——
一支蜡烛就足以照亮世界。

一片光明。即便是在正午
也在黑暗中熠熠闪烁。

晚上，它照亮瓜果和葡萄酒，
书籍和面包，一切实物，

在明暗对比中
有人坐着，弹奏蓝色吉他。

十五

毕加索的这幅"毁灭的收藏"
是不是我们自己的写照？

我们社会的形象？
我坐着，变形，一枚赤裸的蛋，

想抓住再见，丰收时的月亮，
却又看不到丰收和月亮？

事物已被摧毁。
我吗？我是不是一个死人

坐在桌旁，桌上的食物已冷？

我的思想是否只是记忆,已经死去?

地板上的那个斑点,是酒还是血,
不管是什么,它是我的吗?

十六

大地不是大地,只是一块石头,
不是人们倒下时扶住他们的母亲,

而是石头,像石头,不:不是
母亲,而像压迫者,像

不愿让他们死掉的压迫者,
不愿让他们活着的压迫者,

在战争中生活,打着仗生活,
劈开阴郁的琴瑟,

翻修耶路撒冷的下水道,
给神像上的光轮充电——

把蜂蜜放到祭坛上,而后死去,
你们这些内心凄楚的恋人。

十七

那人有个模子。不过
不是动物。像天使的人们

谈起灵魂,心灵。那是
动物。蓝色吉他上——

动物的爪子张开,毒牙
诉说荒漠的日子。

蓝色吉他是模子?那个贝壳?
毕竟,北风吹起了号角,

它的胜利
是在一根稻草上作曲的蠕虫。

十八

在梦里(姑且称它为梦),面对物体,
我可以信梦,

一个不再是梦的梦,
那梦是如其所是的事物的梦,

某些夜晚，长久弹拨之后，
蓝色吉他给予的不是手的触碰，而是感觉的触碰，

是它们触碰到风的釉彩时的感觉。
或是当日光来临，

像倒映悬崖里的光
自往昔的海洋升起。

十九

如果能把怪兽化作
我自己，那么或许我自己

在怪兽面前，不仅仅是
它的一部分，不仅仅是

弹奏其古怪琵琶的人之一，
不会孤寂，降服怪兽而存是，

两种东西，合而为一，
怪兽弹奏，弹奏我自己，

最好不弹奏我自己，

而是弹奏其中智慧,

成为琵琶里的狮子
在狮子被锁入石头之前。

二十

除了观念,生命里有什么?
好空气,好朋友,生命里还有什么?

我信仰的是不是观念?
好空气,我唯一的朋友,

信仰是充满挚爱的兄长,
信仰是朋友,

比我唯一的朋友,好空气,
更友好。苍白而可怜的吉他……

二十一

众神的替身:
这个自我,不是那孤高的金色自我,

孤零的影子扩散,

身躯的主君俯瞰,

如同现在,被称为至高无上,
彻科鲁瓦[1]的影子

在苍茫的天堂,孤零零在上,
大地的君主,无上的君主,

大地上芸芸众生的君主。
自我和大地的群山,

没有影子,没有光芒,
血肉,骨头,尘沙,石头。

二十二

诗是这首诗的主题,
这首诗始于此,

终于此。两者之间,
始与终之间,事实上

有一种空虚,

---
[1] 彻科鲁瓦(Chocorua),美国新罕布什尔州白山地区的一处地名。

事物如其所是。至少我们这么说。

这些是分开的吗？这些不是
诗的空虚，获得

真实的表象，太阳的绿，
云朵的红，感觉的大地，思想的天空？

就是从这些获取。或者给予，
在宇宙的交融中。

二十三

几个终极答案，
仿佛殡仪馆员的二重奏：

云间的声音，地上的声音，
一个是苍天的声音，一个散发着酒精味，

苍天的声音飘荡，
殡仪馆员的歌在雪地中

呼唤花圈，云间的声音
安详，平静，呼吸的声音

也那么安详,平静
想象的与真实的,思想

与真实,诗与真,
所有混乱平息,就像在叠句中

那人年复一年弹奏吉他
关于如其所是的事物的本质。

二十四

一首诗,像泥土中找到的祷告书,
那年轻人的祷告书,

学者最渴望得到那本书,
那本书,至少一页,

或者最少一个短语,那个短语,
生命之鹰,那个拉丁化短语:

细细研究那本祷告书。
目光与鹰相遇,不惊恐于

鹰眼,而是惊恐于鹰眼的喜悦。
我弹琴。但我就是这么想。

二十五

他将世界置于他的鼻端
就这样,他甩了一下。

袍子与象征,哎-咿-咿——
就那样,他转动那东西。

黑似冷杉,液体的猫
在草中跑动,没有一丝声响。

它们不知道青草循环。
猫生猫,青草变灰,

世界派生出世界,哎,就这样:
草变青,草变灰。

鼻子是永恒的,就那样。
曾经如其所是的事物,现在如其所是的事物,

不久将如其所是的事物……
粗壮的大拇指敲出哎-咿-咿。

二十六

想象中世界受过浸洗,
世界是海岸,无论声音、形式

还是光明,送别的纪念物,
离歌的回响,岩石,

他的想象复归于这些,
而后又像一行音符驰入空中,

云间尘沙堆积,巨人
与凶恶的字母搏斗:

成群的思想,成群的梦,
梦见遥不可及的乌托邦。

山峦般的音乐似乎
不断飘零,不断消逝。

二十七

海水漂白了屋顶。
大海在冬天的空气中漂流。

北风创造了大海。
大海在纷落的雪中。

这片阴郁是大海的黑暗。
地理学家和哲学家,

请注意。如果不是因为那盐水杯,
不是因为屋檐上的冰柱——

大海不过是嘲弄的形式。
一座座冰山嘲笑

恶魔无法成为他自己,
四处游荡,改换变幻的风景。

二十八

我是这世界的土著
像土著一样思索,

并非心灵的土著
思索所谓自己的思想,

土著,世界的土著,

像土著一样在世上思索。

那不可能是心灵,波浪里
水草流动,

却又像相片一样固定,
风中落叶飘荡。

我在这里吸取更深邃的力量,
我存在时,我说话,我移动

事物是我想它们所是,
假设它们在蓝色吉他上。

二十九

大教堂里,我独自坐着,
读一本薄薄的评论,说:

"到地窖中品尝珍馐,
抗拒过去,抵制节日,

教堂外边的事物
恰与婚礼的欢歌平衡。

静静坐着,平衡各种事物,
直到渐渐、渐渐达到平衡,

说它像一个面具,
说它像另一个面具,

知道平衡不会静止,
无论多么相像,面具依然陌生。"

错误的形状,虚伪的声音,
铜铃是公牛的吼叫。

方济各会的修道士
在丰饶的圣杯中才最是他自己。

三十

从这里我引申出一个人。
这是他的本质:苍老的傀儡

将披肩挂在风上,
像舞台上的什么东西,鼓囊囊的

他的步履被研究了数个世纪。
最后,不管举止如何,他的眼睛

盯着电线杆子上
撑起沉重电缆的横杆，穿过

奥克西迪亚[1]，平庸的郊区
分期付款已付完一半。

光亮如露的铃舌陷阱，在机器上空
从沾满层垢的烟囱里喷发火焰

瞧，奥克西迪亚是种子
自琥珀灰烬荚中坠落，

奥克西迪亚是火的烟垢，
奥克西迪亚是奥林匹亚。

三十一

野鸡睡得多晚，多迟……
雇主和雇员争论，

搏斗，这事多么滑稽。

---

[1] 奥克西迪亚（Oxidia）源自氧化物（oxide），现代工业城市的代称，与奥林匹亚（Olympia）——出自古希腊神话中众神所居奥林匹斯山（Mt. Olympus）——恰成对照。

太阳必将沸腾,

春天迸出火花,野鸡尖叫。
雇主和雇员听到后

继续争论。尖叫声
折磨灌木丛。这里没有位置

留给固定于脑海中的云雀,
在天空的博物馆里。公鸡

会抓刨睡眠。早晨不是阳光,
这是神经的姿态,

仿佛倦怠的吉他手
抓住了蓝色吉他的神韵。

要么就是这狂想曲,要么就什么也不是,
事物如其所是的狂想曲。

三十二

抛开灯光,抛开定义,
说出你在黑暗中见到的东西,

此是此,彼是彼,
不要用腐烂的名字。

你怎么在那片空间漫步,
竟然不知道空间的疯狂,

不知道滑稽的繁殖?
抛开灯光。什么东西也不能

站在你和你的形体之间,
当形体的外壳已被摧毁。

本来的你?你是你自己。
蓝色吉他令你惊愕。

三十三

那代人的梦,沦落于
泥土中,星期一肮脏的灯光里,

这是他们知道的唯一的梦,
最后的时间,并不是

未来的时间,两个梦的争辩。
这是即将到来的时间的面包,

这是真实的石头。那种面包
将是我们的面包,那块石头

将是我们晚上睡觉的床。
白天我们会遗忘,除了

我们选择弹奏想象的松树
想象的松鸦的那些时刻。

那些正在倒下的人

上帝和所有的天使唱着歌,让世界入睡,
现在,月亮正在炎热中升起

蟋蟀又在草地里鸣叫。月亮
在失落的回忆的脑海里燃烧。

他躺下,晚风在这里吹拂着他。
钟声越来越悠长。这不是睡眠。这是欲望。

啊!是的,欲望……他倚在床上,
他把胳膊支在床上,

凝视着黑色的枕头,午夜
在灾难的房间……超越绝望

就像一种强烈的本能。他所欲望的是什么
而他不可能知道,男人在思考

生命本身,欲望的满足
在折磨人的反复中,呆呆地盯着

黑暗中枕头上的脑袋，
大汗淋漓，说着

绝对的话语，没有躯体，只有头
嘴唇因为暴动和反叛的呐喊而变厚，

那些倒下去的人，其中一个人的头
搁在枕头上休息，说话，

说话，说出无瑕的音节
他只有做其所做，才能说话。

上帝和所有的天使，这就是他的愿望，
他的脑袋昏沉沉地躺在这里，为此他死了。

尝着他殉教嘴唇上的鲜血，
哦，领养老金的人、煽动者和工薪族们！

死亡是他的信仰，尽管死亡是一块石头。
这个人热爱大地，而非天堂，爱到死。

晚风吹拂着做梦的人，俯身
聆听生命滔滔不绝的话语。

世界的构成

诗是一种破坏的力量

这就是痛苦,
没什么可担心的。
要么拥有,要么一无所有。

这是要有的东西,
他胸中一只狮子,一头公牛
感觉它在那里呼吸。

心,矮壮的狗,
小公牛,弓腿的熊,
他尝它的血,而非唾液。

他就像一个人
在凶暴的野兽体内。
它的肌肉就是他的……

狮子在阳光下睡觉。
鼻子枕在爪子上。
它会杀人。

我们气候的诗

一

明亮的碗里的清水,
粉色和白色康乃馨。屋内的光
更像雪天的空气,
映着雪。残冬
新下的雪,当下午归来。
粉色和白色康乃馨——人们的渴望
远不止于此。日子
简化为:一只白碗,
冰凉,一件冰凉的瓷器,低矮浑圆,
只盛着康乃馨。

二

甚至可以说这彻底的简化
剥掉一个人所有的痛苦,
隐藏起充满邪恶、至关重要的自我,
让它在白色的世界里变得清新,
清水的世界,边缘明亮,
但人们想要的更多,需要的更多,

远不只白色的世界和雪花的香气。

三

仍有永不休止的心灵,
所以人们会想要逃离,复归
长久以来早已完成的创作。
不完美是我们的天堂。
注意,在这种痛苦中,
喜悦在于瑕疵的言辞,固执的声音,
因为不完美在我们心中如此炙热。

两只梨子的草绘

一

教学小品。
梨子不是六弦琴,
裸女或瓶子。
梨子不像任何别的事物。

二

黄色的形体
由曲线构成。
靠近梨子底部鼓起来。
笔触所及,它们红了。

三

它们不是平面,
有着弯曲的轮廓。
它们是圆的,
朝梨柄渐渐变细。

四

这么勾勒出来
梨子有蓝色的斑点。
一片干硬的叶子
悬在柄上。

五

黄色闪耀,
以不同的黄色,
柠檬色,橙色和绿色闪耀
在梨皮上盛开。

六

梨子的阴影
绿布上的湿痕。
观察者没有像他所想的那样
看见梨子。

玻璃水杯

玻璃杯会在热中融化,
水会在冷中冰冻,
表明这种物体不过是一种状态,
两极间很多种状态之一。所以
玄学中存在着这些极点。

玻璃杯立在中心。光
是下山喝水的狮子。在那种
状态中,玻璃杯是一个水塘。
他的眼睛和利爪微红,
落下的光打湿了他的下颌,

缠绕的水草在水中左右摆动。
另一种状态中——折射,
玄学,诗中可塑的部分,
在心灵中碎裂——但肥胖的乐观者
为立在中心的焦虑,而不是为玻璃杯,

但在我们生命的中心,这一次,这一天,
在玩牌的政治家中间的这个春季,

是一种状态。在当地的村庄中,
你依然可以发现。在狗群和粪堆里,
你会继续与你的思想相争。

干面包

生活在悲剧的土地上
等于生活在悲剧的时代。
看那倾斜的巨石,
看那在石上冲出路来的河流,
看那在这片土地上生活之人的茅舍。

这就是我在面包后面画出的景色,
没有染上白雪的岩石,
沿河的松林,被风吹干的人,
面包一样棕黄,思念着那些鸟
从燃烧的国度和棕色沙滩飞来。

鸟群飞来,像波动的脏水
漫过岩石,漫过天空,
仿佛天空是载起鸟群的巨流,
撒开它们,像波浪平洒在海岸,
一浪又一浪,把山峦冲得赤裸。

我听到的是战鼓的敲击,
是饥饿,是饥饿的人在哭喊,
这波浪,这波浪是士兵在行进,

行进,行进在悲剧的时代,
在我下面的柏油路上,树林下面。

这是士兵在岩石上行进,
鸟群仍在飞来,水波般飞来,
因为这是春天,鸟群不得不飞来。
毫无疑问,士兵不得不行进,
而战鼓不得不轰鸣,轰鸣,轰鸣。

垃圾堆上的人

白昼爬下去了。月亮正在爬上来。
太阳是一篮鲜花,月亮布朗什[1]
放在那儿一个花束。哈哈……垃圾堆
堆满了形象。日子翻过,如同报纸。
花束是裹着报纸送到这儿来的。太阳,
月亮,也都这样来了,还有看门人
每天的诗歌,梨罐头的包装,
纸袋里的猫,紧身衣,来自
爱沙尼亚的盒子:虎盒,装茶用。
夜晚的清新,已经清新很久了。
早晨的清新,白昼的吹拂,人们说
它喘息如同科尔奈利乌斯·奈波斯[2]的阅读,它喘息着
或多或少,像这个,或像那个。
绿色在眼睛里拍打,绿色里的露珠
像罐头里的淡水拍打,像椰子上的
大海——多少个男人复制了露珠
作为扣子,多少个女人用露水
露水连衣裙,露水宝石和链子,覆盖自己,一簇簇

---

[1] 布朗什(Blanche),月亮的阴性名,意为洁白。
[2] 科尔奈利乌斯·奈波斯(Cornelius Nepos,约公元前100—约公元前25),古罗马历史学家。

最花朵的花朵因最露水的露水而露湿。
除了在垃圾堆上,人们会逐渐讨厌这些东西。

现在,是春季(杜鹃花,三叶草,
桃金娘,荚蒾,水仙花,蓝夹竹桃),
在那种厌恶和这个之间,在垃圾堆上的
这些事物之间(杜鹃花,等等)
和那些将被扔掉的(杜鹃花,等等),
人们会感受净化的改变。有人拒绝
垃圾。

   那正是月亮爬上来的时刻,
伴着巴松管发出的气泡声。就在此刻
有人看着轮胎的大象颜色。
万物凋零;月亮作为月亮爬上来
(它所有的形象都在垃圾堆里),而你看见
作为一个人看见(而不是作为一个人的形象)
你看见月亮升起在空空的天上。

有个人坐在那儿,敲打一个旧马口铁罐,猪油桶。
他敲啊敲,敲打他所相信的东西。
那是他想靠近的东西。那是否就是
他自己,就像耳朵比乌鸦的声音
更优越?夜莺是否曾折磨耳朵,
包裹心灵,抓挠头脑?耳朵会不会

从乖戾的小鸟中得到慰藉?人们在
垃圾堆上找到的,是和平,
还是哲学家的蜜月?还是坐在死者的床垫,
瓶子,罐子,鞋子和草叶中,低诉最恰当的前夕:
是一边听着白头翁唠叨,一边说
隐形的牧师;还是弹射拉扯
把白昼撕成碎片,然后哭喊诗节我的石头?
人们初次在何处听到真?那那。

作为幽灵之王的兔子

一天结束的时候,很难思考,
当无形的阴影遮住太阳
除了你皮毛上的光,什么都没留下——

那只猫整天都在溢奶,
肥猫,红舌头,绿头脑,白奶
八月是最平静的月份。

在草丛中,在最宁静的时刻,
没有猫的纪念碑,
月光下被遗忘的猫;

感觉那光是兔光,
一切都是为了你
没有什么需要解释的;

也就没什么可想的了。它是自己来的;
从东窜到西,从西窜到下,
无所谓。草叶丰盈

满满的都是你自己。周围的树都是为了你,

整个宽阔的夜晚都是为了你,
一个触及所有边缘的自我,

你变成了一个自我,盈满夜晚的四个边缘。
那只红猫躲在毛皮的光里
那儿你高高耸起,向上耸起,

你越耸越高,黑得像石头——
你坐着,脑袋仿佛雕刻在空间里
小绿猫是草丛中的一只虫子。

山中虚弱的心灵

这是屠夫的手。
他攥起拳头,血
从指间喷出,
溅在地板上。
然后躯体倒下。

后来在夜里,
冰岛的风
和锡兰的风
相汇,紧紧夹住,
我的心灵和思想。

黑色的海风
和绿风
盘旋在我的头顶。
心灵的血溅在
地板上。我睡着了。

但我体内有一个人
本可以升上云端,

本可以触摸这些风,

把它们拧弯折断,

本可以鲜明地站立在空中。

穿睡衣的女孩儿

熄灯。阴影浮现。
看看天气。
整个春天就是一场热闹,
来自林荫大道尽头的副歌。

这是夜的寂静,
这是无法动摇的,
满是星星,和星星的图像——
那喧嚣而沉闷的冬天,

就像一个摇摇欲坠的结局,
一次又一次,总在那里,
巨大的锣鼓和沉闷的小号,
被感觉感知,而不是感官,

一场事物碰撞的革命。
短语!是恐惧和命运。
夜晚应该是温暖的,飘动着命运
清晨到来时,应该在树上玩耍。

曾经,宁静的夜晚,

是一个地方，牢固的地方，可以睡觉的地方。
现在已经动摇了。它会燃烧起来，
要么现在，要么明天，或者后天。

早上写的诗

晴日，完整的的普桑[1]风格的画面
把自身割裂。它是这个，它是那个
事实并非如此。
　　　　通过转喻，你画出
事物。因此，菠萝是一种皮革水果，
白镴盛的水果，带刺，棕榈叶，蓝色
由冰人端上来。
　　　　感官以转喻
绘画。这果汁比最湿润的肉桂
还馥郁。那些筛过的梨
滴着清晨的汁液。
　　　　真相必须是
你所看不见，你体验，你感觉，
丰满的眼睛仅仅是给整体
带来元素，一个无形的巨人
被迫上升。
　　　　他头上的卷发青碧。

1　尼古拉·普桑（Nicolas Poussin, 1594—1665），法国古典主义画家。

俄国的一盘桃子

我用整个身体品尝这些桃子,
我触摸它们,闻着它们。是谁在说话?

我吸收桃子,如同安茹[1]人
吸收安茹。我像恋人般望着桃子

像年轻的恋人望着春天的花蕾,
像黝黑的西班牙人弹着吉他。

是谁在说话?肯定是我,
那只野兽,那个俄国人,那个流放者,

小教堂的钟为我们敲响
在心中。红嫩的桃子

又圆又大,还有一层茸毛,
盈满蜜汁,桃皮柔软,

桃子盈满了我村庄的色彩,盈满

---

[1] 安茹(Anjou),原法国西部卢瓦尔河地区古省,1154年至1204年被英国占领。

晴朗的天气,夏天,露水,和平的色彩。

桃子所在的房间静悄悄的。
窗子敞开。阳光

洒满窗帘。甚至窗帘轻盈的飘动,
也惊扰我。我不知道

这种残忍会把一个自我
从另一个自我撕开,如同这些桃子。

昔日费城拱廊

只有富人们记得过去,
费城亚平宁山中
昔日的草莓,蜘蛛吃掉了。

他们坐在那里,用手蒙着眼睛。
奇怪,在瓦隆布罗萨[1]的耳朵里,
他们从未听见过去。所见、
所听、所触、所尝、所闻的,皆是现在,
是此地。他们触摸所见的事物吗?
感觉那风,嗅那土吗?
他们不触摸。从他们所见的事物中
事物从未升起。他们用手
擦亮眼睛。丁香很久以后才出现。
但城镇和芳香从未是一体,
虽然蓝色灌木开过花——花朵
依然开在玛瑙眼睛里,蓝红,
紫红,从未是红本身。
舌头,手指和鼻子
是喜剧的垃圾,耳朵是尘土,

---

[1] 瓦隆布罗萨(Vallombrosa),意大利的一个小村庄,距离佛罗伦萨40公里,避暑胜地,意大利语的意思是"树荫山谷"。

214

而眼睛是手掌里的人。

一个人只有一种感觉
必定贫穷，虽然他嗅到云，
或在星期天看到海，
或触摸一个贫瘠如土地的
苍白女人，品尝
枯燥乏味的二三流的东西，
倾听自己，而不说话。
昔日亚平宁山中的草莓……
现在看来有点儿像画上去的。
山峰剥落残旧，显然是赝品。

力量，意志和天气

杏仁糖时代，黄色的贵族
在黄昏叹息，叹息他没有思想
生活在没有思想的大地，
一对黄色，那位贵族。[1]

杏仁糖的时间，杏仁糖的地点
粉白的山茱萸
大片地盛开，一个少女，
粉色的少女牵着白狗在散步。

那狗不得不散步。他不得不让人牵着。
少女不得不仰身向后牵住他。
那时大捧的山茱萸
抛撒色彩。莫斯科的这边

没有思想。只有反思想和逆思想。
一个人什么也没有。没有
可骑的马，也没有骑马的人，

---

1 此句原文为"The pair yellow, the peer"。史蒂文斯在此所用词 pair 既指"一对"，又谐音 pear（梨），另外在法文中又指贵族，英语所谓 peer。

在山茱萸盛开的林中,

没有白色的骏马。但有毛茸茸的狗。
床单高高晾在老树上,
仿佛液态,如云做的叶子,
水下的贝壳。这些是杏仁糖,

不会错的:杏仁糖。那是真实的
移动,但其中也会出错。
天气像一位托盘子的侍者,
早早地来到明亮的咖啡馆。

美丽知识[1] 花束

一

只有她重要。
她造的它。说出修辞格
很容易,一如她为什么选择
这束奇特而忧郁的玫瑰。

二

玫瑰中的事物都是她本人。
而清新的叶片,炽烈的
色彩,是虚华的变幻,
来自光与露的变幻。

三

他经常散步在
夏日的天空下,

---

1 "Belle Scavoir"(美丽知识)在法语中语法不对,belle 为阴性,scavoir(即 savoir)为阳性,但将知识拟人化为女性,那么用阴性 belle,不用阳性 beau 却又说得通。

把她的影子映入心灵……
影子不是她。他为此而痛苦。

四

天太蓝,地太宽。
她的思想带她远去。
她在别的事物中的形体
不能让他满足。

五

她在这里那里的映像,
是另一片阴影,另一种回避,
另一次否定。若是她无所不在,
他认为她哪儿也不在。

六

是她造的这个。如果这是
另一种意象,也是她造的。
他想要的是她,在他面前
可以直视看见,并了解。

夏日变奏

一

深蓝的海面,一群海鸥
在淡蓝的空中飞旋。

二

音乐比呼吸要多,但
比风要少,如亚语言的亚音乐,
无意识事物的重复,
岩石和水的文字。
可见的元素和我们的话语。

三

峭壁上的岩石是狗的脑袋,
变成鱼,跃入
大海。

四

蒙希根[1]上空的星,大西洋的星,
没人举着的灯笼,你在漂流,
你正在漂流,而不管你的航程。
除非在黑暗中,戴着明亮的王冠,
你就是意志,假若有意志的话,
或是意志的预兆,
曾经的意志的一个预兆。

五

海的叶子摇啊摇。
从前有棵树是位父亲,
我们坐在树下,唱我们的歌。

六

永远年轻——很冷。
来到悲剧的海岸,流动。
在蓝宝石中,在阳光漂白的石头周围,
成为老人们的时间的时间。

---

1 蒙希根(Monhegan),美国缅因州的一个岛,岛上有灯塔,下一行中所谓"没人举着的灯笼"。

七

一只麻雀抵得上一千只海鸥,
只要它歌唱。海鸥落在烟囱顶上。
他嘲笑珍珠鸡,挑逗
乌鸦,刺激各种动物。
麻雀无意间却让人感动。

八

一种观察世界的练习。
关于动机!但人们眺望海
仿佛在钢琴上即兴弹奏。

九

这个多云的世界,在岸与海、
昼与夜、风与静的帮助下,产生了
更多的昼与夜,更多的云,更多的世界。

十

改变自然,而不仅仅改变观念,
逃离躯体,而后感觉到

那些被躯体桎梏的感受，
我们周围那些生灵的感受：
正如一只船切开蓝水时的感受。

十一

现在，在佩马奎德，
炽热中翻卷的梯牧草镶上银尖，
冰凉。月亮跟随着太阳
仿佛一位俄国诗人的法文译本。

十二

云杉林到处埋葬士兵：
中士，红衫，休·马奇[1]，
与他的士兵在堡楼外被杀了。
云杉林到处埋葬云杉林。

十三

用沙玫瑰覆盖大海。
用浪花的光辉盈满天空。
让所有的盐消失。

---

[1] 休·马奇（Hugh March）是红衫军（英军代称）中士，1695年遇袭身亡，葬于缅因州佩马奎德（Pemaquid）墓园。

十四

加给感觉的言语。为了云母闪耀的
言语,草丛的颤动,
枯木的树皮,
是长大的眼睛,更为紧张。

十五

最后的岛屿和岛上的栖鸟
二者相似,区分着各种蓝,
直到空气与海之间的差异
只依靠优美而存在,
在物体中,像这片白,像那片白。

十六

水钟一遍遍敲响,
水一轮轮散开,
那时运动的强度,
是穹窿之钟,声音的守护神。

十七

穿过门,穿过墙壁,
松树抹着香膏,散发田野的芬芳,
把睡眠带给睡眠。

十八

低潮,平水,烈日。
一个人观察着深远的阴影在流动。
达马里斯科塔[1]哒哒嘟。

十九

一个男孩在吊桶下游泳,
另一个坐在桶上。呜噜,那只人船驶来,
在人造性中,比那不勒斯还要光洁。

二十

你几乎能在她的闪光上看见黄铜,
朦朦胧胧。薄雾之于光

---

[1] 达马里斯科塔(Damariscotta River),美国缅因州的一条河,流入大西洋。后面的拟声词哒哒嘟(da da doo),似以河水的流动影射达达主义诗歌。

犹如红色之于火。她的主桅变细，
细到虚无，没有哪怕一毫米晃动。
栏杆上的珠子像是要抓住透明。
然而还不到无畏地跳跃的时候。

黄色的下午

只在泥土中
他处于事物和自己的
根部。那里他可以说：
这就是我，这是族长，
这是我问题的答案，
这是哑者，最后的雕像，
四周寂静叠着寂静。
它在春天休憩，秋天也一样，
不过有了凉亭，上了青铜色。

他说我有这种思想，我便可以热爱，
正如你热爱有形而敏感的和平，
正如你热爱你的生命，
正如你热爱注定被热爱的
结局，正如你热爱
你是其中一部分的整体，
整体是你所热爱的生命，
所以你活在构成整体的所有生命里，
正如致命战争的整体的生命。

万物走向他

从他田野的中央。泥土的芬芳
比任何文字渗透得更深。
那里他触摸自己的生命。那里
他就是自己。他发现了这种思想，
在所有男人和一个女人中——她使他屏息——
但他回来了，正如你从阳光下回来，
躺在黑暗的床上，挨近一张脸
没有眼睛或嘴，望着你说话。

论现代诗歌

心灵之诗在寻找
令人满足的东西。从前它并非总得
寻找；布景已搭好，它重复
脚本中已有的东西。
     然后剧院变成
别的什么。它的过去是一个纪念品。
它必须活着，学习当地的语言。
它必须面对这时代的男人，会见
这时代的女人。它必须思考战争，
寻找令人满意的东西。它必须重新
搭一个舞台。它必须站在台上
像位永不满足的演员，慢慢地，
沉思地，诵出台词，在耳朵里
在最精致的心灵的耳朵里，准确地
重复它想听见的东西，一群隐形的
观众，正在倾听这声音，
不是在听剧，而是听自己
在两个人的情感中得以表现，
两种情感结合为一体。演员
是黑暗中的玄学家，拨动
乐器，拨动一根金属琴弦，

发出的声音突然穿透正确，整个
包含了心灵，既不能向下低于心灵，
也没超越心灵的欲望。
　　　　它必须
发现一种满足，可以是
滑冰的男人，跳舞的女人，
或梳头的女人，心灵的演出之诗。

到达华尔道夫[1]

从危地马拉回到华尔道夫。
抵达灵魂的荒野之乡,
最终抵达那里,所有的路都消失。

那首荒野之诗
替代了你所热爱或应该热爱的女人,
一首荒野之诗,是另一首的赝品。

你触摸酒店,就像你触摸月光
或阳光,你哼着曲子,弦乐队
哼着曲子,你说:"诗中的世界,

密封的一代,比群山更遥远的男人,
在音乐和运动和色彩中隐形的女人,"
从那遥远而直接的、绿色而真实的危地马拉回来。

---

[1] 华尔道夫(Waldorf),纽约的一家酒店。

最美的片段

送牛奶的人走在月光里,月光
少于月光。没有事物能够自在。
月光却似乎自在。
      两个人,三匹马,一头牛,
还有太阳,波浪起伏的海。

月光和阿奎纳[1]也一样。他不停地
说着上帝。我把上帝改成人类。
自动机械,逻辑自控,
依靠自身而存在。圣人可曾幸存?
几个灵魂可曾共用同一形体?

早餐后的神学刺痛眼睛。

---

1 托马斯·阿奎纳（Thomas Aquinas，约 1225—1274），意大利哲学家、神学家，其系统而完整的神学体系，对基督教神学的发展具有重要影响。

有节奏的诗

蜡烛和墙壁之间的手
在墙上变大。

烛光和空间之间的心灵
在空间上变大:
(这个男人在房间里,有一个世界的形象,
那个女人在等她所爱的人,)

那个男人终于清楚地看见了形象。
那个女人在心里接待她的恋人,
伏在他胸上哭泣,虽然他没有来。

肯定是那只手
有一种意志,要在墙上变大,

要比墙变得更大更沉
更结实;而心灵
转向自己的形体,宣称
"我用这个形象,这份热爱
构成我自己。在它们中,我显露出来。
在它们中,我拥有生机勃勃的清新,
不像在空气里,宛如亮蓝的空气里,
而是在我的愿望和意志强有力的镜中。"

望着花瓶的女人

那时,仿佛雷声,
在钢琴上成形:那时
太阳和天空
粗野而猜忌的庄严
在花园里碎裂,仿佛
风融化为鸟,
云变成梳辫子的少女。
仿佛东风狂吹着大海,
在夜里敲打百叶窗。

她体内的小猫头鹰在鸣叫,
蓝色在叶子和蓓蕾中
变得多么奇特,红色在空中
裂为碎片,变得多么奇特——
中心而根本的红色
摆脱了巨大的抽象,首先变成
夏天,随后
变成桃子和黯淡的梨子的侧面。

鸣叫,非人的色彩如何落下
在她身边就位。

仿佛是人的调停,类似
更深刻的和解,一种行动
一种不带疑问的肯定
粗野而猜忌的无形
变为事物的形体和芬芳
没有洞察力,在她身边。

相反的命题（一）

现在，藤上的葡萄茂盛。
一个士兵从我门前走过。

蜂箱因蜂房而沉甸甸的。
在我门前，在我门前。

六翼天使在穹窿上聚集，
圣徒披着新斗篷而焕发。

在我门前，在我门前。
墙上的阴影越来越小。

房子的光秃又回来了。
酸涩的阳光弥满大厅。

门前，门前。鲜血涂抹橡树。
一个士兵踏步走过我门前。

相反的命题（二）

中秋一个化学的下午，
当土地和天空庞大的机制临近，
甚至槐树的叶子也发黄，

他行走着，肩上扛着他一岁的男孩。
阳光照耀，狗在叫，孩子睡着。
甚至还有绿色槐树的叶子。

他在寻找最后的庇护所，
逃避夸夸其谈的冬天的暗示。
逃避时髦的殉道者。他走向

抽象，太阳、狗、孩子是其轮廓。
漫游的天鹅打着寒战。
叶子飘落，仿佛钢琴上的音符。

抽象突然出现，又消失。
黑人在公园里踢足球。
他清楚地看见的抽象，就像槐树叶。

所有的事物都是其结论的前提，
高贵的亚历山大体诗。苍蝇
和蜜蜂仍然在寻找菊花的清香。

手作为一个生灵

在最后的赞美诗的第一篇,
一瞬间意识到太多的事情,
那个男人看见不知名的裸女,

他抓住她,迷惑不解:为什么在树下
她把手举到他面前的空中,
让他看,并甩动她明亮的长发。

一瞬间意识到太多的事情,
在最后的赞美诗的第一篇,
她的手构成他,构成树。

风抓住树,哈,哈,
握着它颤动的肢体,
将树身浸在波动的湖里。

她的手构成他,像一只做出
非个人手势的手,陌生人的手。
他意识到太多的事情,

在最后的赞美诗的第一篇,

她的手拉起他的,把他拉近,
她的头发蒙住他,小鸟

飞向花园尽头更红润的灌木丛。
他终于理解了她,只理解了她,
躺在她身边,在树下。

驶向夏天

上帝善。这是美丽的夜晚

看看周围,棕色的月亮,棕色的鸟,
当你起飞,看看周围
地上的头颅和齐特尔琴。

看看周围,当你起飞,棕色的月亮,
看看书籍和鞋子,门前
腐烂的玫瑰。

这是你昨夜来到的地方,
是你飞来没离开的地方。
现在,又一次

在你的光中,头颅在说话,在读书。
它重新变成学者,寻觅天际的
约会。

在最锈重的弦上弹拨轻薄的音乐,
从夏天的残株中挤出
最红的芬芳。

庄严之歌从你火焰般的翼上滑落。
你的时代伟大的空间之歌
刺穿清新的夜晚。

声音的特定现象

一

电话里的蟋蟀静悄悄的。
天竺葵在窗台上枯萎。

碟子里喂猫的奶干了。礼拜天的歌声
来自蝉翼的拍动。

蝉翼不因痛苦而拍动,而是依日历,
并不在意运转的世界。

有人起身去气球里出行,
或是在气泡里检查气泡。

房间比虚无还要空洞。
蜘蛛在床下左边的鞋里织网——

老约翰·罗科特[1]躺在床上打盹。
伴着时间带回的声音睡觉很安全。

---

[1] 约翰·罗科特(John Rocket),康涅狄格州一个古老家族的始祖。

二

你又回家来了,红杉林的漫游者,
准备盛餐……把芒果切开,纳曼,洒上

白葡萄酒,糖和青柠汁。等我们喝完
摩泽尔酒后,把芒果端到花园的浓荫下。

我们必须准备好倾听漫游者的
故事……那首流畅的奏鸣曲的声音,

从这座房子找到出路,使音乐
成为大自然,一个自身在其中

诞生了所有一切的地方,那里
漫游者是一种声音,高于红杉林。

倾听那最有创造力的叙述
倾听那诞生了所讲到的事物的声音。

三

尤拉莉亚[1],我懒洋洋地靠在医院游廊上,

---

1 尤拉莉亚(Eulalia)一名出自希腊语,意为美言,而圣尤拉莉亚(St. Eulalia)则是死于公元四世纪初的殉道贞女,法文俗语(langue d'oïl)最早的诗即以她为主题。

东边，有一位护士和一位修女，我撑开
手中的阳伞，挡住阳光。
阳伞的里面是一片空白，可见。
这么看着，我看见你洁白地行走
在阳光中闪着金辉，我一边感受
一边想尤拉莉亚是那种光芒之名。
然后我，塞米拉米德[1]，音节忧郁，
对比我俩的名字，考虑言语。
你由你的名字所创造，而词
即你是其人的东西。
没有生命，除了在其词中。
我写《塞米拉米德》，在脚本中
我存是，有一种存是，扮演一个角色。
而你是名字洁白的尤拉莉亚。

---

[1] 这关乎塞米拉米斯（Semiramis），亚述（Assyria）传奇女王，传说中巴比伦和空中花园的建造者。罗西尼（Gioacchino Antonio Rossini）歌剧《塞米拉米德》(*Semiramide*) 以她为主题。

隐喻的动机

你喜欢秋天的树下,
因为万物都已半死。
风像一个跛子,在树叶中行走,
重复着没有意义的词。

同样,你在春天很幸福,
四分之一事物的一半颜色,
微亮的天空,融化的云,
孤独的鸟,朦胧的月亮,

朦胧的月亮照着一个
事物永远无法准确表现的朦胧世界,
那里你永远不能是你自己,
你不想也不必是你自己。

渴望变幻的兴奋:
隐喻的动机,畏避
最初正午的重量,存是的 ABC。

微红的淬火,红的蓝的

锤子,坚实的声音——
钢铁对暗示——耀眼的闪光,
那关键、傲慢、致命、支配的 X。

没有负鼠,没有面包片,没有马铃薯

他不在这里,那古老的太阳
不在这里,一如我们沉睡着。

田野结冰。树叶干枯。
这束光中一片凄凉。

苍白的风中,残损花梗的胳膊
没有手。残损的枝干

没有腿,也没有头颅。
头颅中压抑的哭喊

不过是舌头的运动。
雪花闪烁,仿佛落到地面的视线,

仿佛明亮地消逝的目光。
落叶跳跃,擦着地面。

一月即将结束。天空坚硬。
花梗牢牢地冻在冰里。

这片孤独中,笨拙的闪烁
发出一个音节,

吟诵着孤独的虚无,
寒风残忍的空洞。

这片凄凉中,我们
获得良知最终的纯粹。

乌鸦一身锈色,飞起来。
他眼中的怨恨闪闪发亮……

另一只乌鸦与他做伴,
但在远处,另一棵树上。

某人斜倚在她的长榻上

她用肘斜倚着。
这个结构,这个幻象,
我们称之为投影 A。

她漂浮着,在齐眼高的
空中,无名无姓,
二十一岁时方才出生,

没有血统或语言,只有
臀部的曲线,仿佛静止的手势,
蓝眼睛水灵灵的,有那么多要学。

如果她头顶正上方悬空挂着
最轻巧的王冠,
有哥特式分叉,光耀夺目,

那只悬浮的手
从坚实的空间抽出,就会成为
无形的手势。我们称之为

投影 B。不用手势

触到事物,即以理念
触及。她漂浮在论点中,

在理念的事物和事物的理念间
流动。她一半属于
创造她的人。这是最后的投影 C。

这种安排包含艺术家的欲望,
但人们相信的,是没有隐藏创造者的
作品。有人轻快地行走在

没画过的海滩,绝不把世界
接受为雕塑。再见,
帕帕佐普洛斯夫人,谢谢。

缺乏休憩

一个年轻人坐在桌边,
手里捧着一本你从未写出的书,
凝视着隐匿的文字,
它们自己显示出来。

这不是午夜,而是正午,
年轻人身影清晰,是那伙中的一员,
似乎叫作安德鲁·杰克逊[1]。但这本书
是一片云,其中有个声音在呢喃。

那是一个居于云中的幽灵,
却是安德鲁的幽灵,不消瘦,有黏膜炎,
而且苍白。那是他喜爱的祖父,
其理解力由死亡

和死亡之外的联想构成。即便
只是时间。到底怎么回事,
在炽烈的透露中理解
法语意义上的父母[2]。

---

1 安德鲁·杰克逊(Andrew Jackson,1767—1845),美国第七任总统,南方人,有平民英雄的名声。
2 英语中 parent 指父母,法语中这一词却指亲属。

然而没有写出那本书,书中
他已经是祖父,并在那儿放置
一些有意义的声音,给复杂化
一个暂时的结局就是好,一种好。

野鸭,人们,距离

世界的生命有赖于他活着,
有赖于人们活着,有赖于
人们的村庄,与那个离开她
迷失在雾中的人无关。

我们可曾希望在别的生命中生活?
作为一种元素,我们太快地
习惯了天空,习惯了大地,
人们分享元素,却从未成为

天空和大地的元素。后来他成为元素,
他们成为元素。那时一年将近结束。
野鸭消隐。天气寒冷。
朝向孤寂的移栖之下,

村庄依然冒着炊烟。村庄的火焰
是距离的中心,野鸭无法越过,
没有任何天气,除了别的生命的
天气,其中不可能有

移栖。远处的村庄

拉开距离：村庄

拉开最后的命定的距离，

在我们和我们站立的位置之间。

与何塞·罗德里格斯-费奥[1]的谈话

作为无知的女王月亮的
秘书,你悲叹她竟如此
统治低能儿。夜
使万物显得怪诞。是否因为
夜是人类内心世界的自然?
月下哈瓦那是否就是自我的古巴?

我们必须鲁莽地进入内心世界
拾起松弛的已知事物。
例如,卖橘子的老人
在篮子边睡着,打鼾,费劲地
呼吸。什么样的思想过程
皱巴巴地运动着,尚未完全实现,

仿佛胎儿的哭喊?精神疲倦了。
它早已倦于这类思想。
它说有一种绝对的怪诞。
有一种自然,在林荫大道上
显得怪诞。为什么我们要说

---

[1] 何塞·罗德里格斯-费奥(José Rodríguez-Feo,1920—1993),古巴诗人,史蒂文斯的笔友。

那是人类的内心世界?

或看到疲竭的、无意识的夜的形体时,
假装它们是另一种意识的形体?
怪诞不是天赐,不是幽灵,
而是表象,地理简化
以后的一部分,从中
太阳升起,仿佛来自非洲的消息。

极致政治家素描

他是整个建筑最后的建造者,
是最后梦见整个梦的人,
或将来是,建筑和梦是一体。

有一个完整的建筑和一个完整的梦。
还有这些词,
暴风雨中徘徊在形体周围。

有一场暴风雨很像风的哭喊,
走出我们的词很像走进我们的词,
为很多生命痛苦,却悄然无声。

他能听见那些词,像墙上的人,
在普通言语的起伏中奔跑,
哭喊着,词语跌落下来。

在灾难性的暴风雨中,立着一座建筑,
一个从我们身边,从我们被迫生存的地方
隔断出来的过去的梦。

友 嘉[1]

今夜,自然界毫无意义,
但再没有别的什么。海厄米[2]坐在那儿
弹着吉他。海厄米是一只野兽。

或者他的吉他是一只野兽,或者
他们是同属一种的两只野兽,结为夫妻。
海厄米是雄兽……一个低能儿,

在弦上乱弹。吉他是另一只野兽
让他轻轻触摸,回答着他。
两只同属一种的野兽,不是野兽,

不完全是同种的野兽。一如这里,
有很多这样的野兽,步履轻盈无声,
人们看不见它们。

一如那个下午的风和海——
片刻之后,海厄米睡着了,
一只奔跑的美洲虎发出轻微的声响。

---
1 友嘉(Jouga)既有西班牙语"弹奏"(jugar)之义,又有法语"结合"(joug)之义。
2 海厄米(Ha-eé-me)系西班牙语中对法语"我爱"(J'aime)的谐音。

生命和心灵的碎片

几乎没有什么亲密温暖的事物。
仿佛我们从未是儿童。

我们坐在屋里,在月光中,
仿佛从未年轻过,这是真的。

我们不应醒来。梦中
一个亮红色的女人将起身,

站在紫色金辉里,梳理长发。
她会沉思地说出一行诗句。

她认为他们不太会唱歌。
另外,天空这么蓝,事物会自己

为她唱歌。她倾听着
感到她的色彩是一种冥想,

最最快乐,但仍不如从前快乐。
留在这里,诉说熟悉的事情。

来自没药山的晚颂

解开你的发带，少女，
群星在永不落[1]山眉上闪耀。

夏天的绿色鸟已经飞走。
夜蝇认可了这些行星，

命定于这个夏夜，这种声音，
这片土地。明天和今天一样，

很像今天。但明天的外观与形体
将成为过去，张着相似的翅膀，

鲜明地赋予相似色彩，成群飞着，
但没完全消融，尚未成为流体，

被技艺的提示改动，被草丛中
闪烁的声音改动。

最初明亮的暗示

---

1 永不落（Neversink），史蒂文斯家乡宾州雷丁城边的一座山。

所来自的早期星座——不确定的爱,

生命的认识,没有时间感的感觉。
从你的长发上解下宝石,扔在地上。

稀疏的鹿草。棕色的梯牧草。
外界的阴影渐渐走近。

扛东西的人

诗必须几乎成功地抵制
智力。例如：

冬天黄昏的一个棕色人影
抵制特征。他扛着的东西

抵制最紧迫的感觉。那么
把它们作为从属的事物接受，

（明显整体分辨不清的部分，肯定固体的
不肯定的微粒，摆脱疑问的首要自由，

事物飘浮着像第一阵雪片
飘出我们必须整夜忍受的暴风雪，

飘出从属事物的暴风雪，）
突然变成真实的思想和恐惧

我们必须整夜忍受我们的思想，
直到明亮赫然的物体静立在寒冷中。

片 断

二月的银箔,八月的金箔。
一个人所有的不仅仅是理智。
回家。风。他不停地哭喊着。

雪在空中瞬间闪烁,
幽蓝地夸张了千花玻璃的瞬间——
回家。风。他边说边走上台阶——

水晶叠着水晶,直到水晶云
变成冰制的超水晶,
蒸发着它自己的创造。

在声音的意义之外有一种感觉。
八月的金箔落下,仿佛火焰
在地面呼吸,比红更蓝,

比绿更红,与万物相关的火焰的不安。
风像一只狗跑开了。
但更像一匹马在空间里

运动。那是夜里的一个人,
家庭的成员,纽带,
缥缈的表妹,另一个千面人。

想起隐喻意象之间的一种关系

野鸽子在珀基奥门溪边歌唱。
鲈鱼潜入深水,依然害怕印第安人。

在渔夫的一只耳中,他不过是
一只耳朵,野鸽子唱着孤独的歌。

鲈鱼在水面警惕地观望,盯着
前方,避开刺入水中的

鱼叉。渔夫不过是一只眼睛,
他看见鸽子就是鸽子。

一只鸽子,一条鲈鱼,一个渔夫。
咕咕声变成咯咕,咯咕。

每一变化多么近似未说出的主题……
在那只耳朵中鸽子也许会完美地歌唱:

说出那个秘密。在那只眼睛里,
鸽子也许会飞入视野,但依然是鸽子。

渔夫也许是那个孤独的人，

在他心中，鸽子落下，慢慢地不再动弹。

混乱在运动中,又不在运动中

哦,抽打着的风,
比路德维希·里希特[1]的灵魂还要猛烈……

雨水倾注。这是七月。
闪电和轰轰的雷鸣。

壮观的场面。场景十变成十一,
第十集,第四幕,等等。

人们跌出窗口,树林倾倒
夏天变成冬天,年轻人变老,

空中飘满孩子,雕像,屋顶,
雪,剧院在旋转,

与喑哑的教堂和视觉火车相撞。
最浑厚的女高音们在唱不同音阶的歌曲。

路德维希·里希特,狂悖的倒霉鬼,

---

[1] 路德维希·里希特(Ludwig Richter,1803—1884),德国浪漫主义后期的重要画家。

失去了他栖身其中的那一切，

只知道没有欲望对象的欲望，
只感到思想、暴力和虚无。

他知道自己再也没什么可想的，
像风扫过时抽打着万物。

房子安静,世界平静

房子安静,世界平静。
读者变成了书;夏夜

就像书中意识的存是。
房子安静,世界平静。

说出那些话语,仿佛没有书,
除了读者俯身在书页上,

想要俯身,特别想成为那种
学者,对于他书是真实的,对于他

夏夜就像思想的完美。
房子安静,因为它必须如此。

宁静是意义的一部分,是心灵的一部分:
是完美对书页的访问。

世界一片平静。平静世界中的真理,
它本身没有其他意义,它自身

平静，它自身就是夏夜，就是读书人倚在那里，夜读。

与一个沉默的男人持续的谈话

苍老的褐色母鸡,苍老的蓝色天空,
在二者之间我们生存并死亡——
小山上破旧的车轮。

仿佛,在大海面前,
我们拧干渔网,修补船帆,
谈论永无休止的事情,

谈论永无休止的意志的风暴——
一个和很多个意志,谈论树叶间
有很多种意义的风,

被带到屋檐下,
把暴风雨和农庄连在一起,
绿松石色的母鸡和天空的链条。

还有马车经过时折断的车轮。
那不是屋檐下的声音。
那不是言语,不是我们在谈话中

听到的声音，而是事物运动的
声音：另一个人，
一个四处游荡的绿松石色怪物。

渺小死亡镇民

石墙边的这两个人
是死亡的一小部分。
草丛依然碧绿。

但有一种完整的死亡,
一片荒芜,一种极高极深的
死亡,覆盖所有的表面,
盈满心灵。

他们是死亡的小镇人,
一个男人和一个女人,
像两片叶子悬在树上,
在冰冷的冬天变暗之前——

极高极深的死亡,
没有任何情感,宁静的统治,
一个凄凉的人在乐器上弹奏
最后的单调的音乐。

人类的安排

黄昏雨中,束缚于时间和地点,
束缚于一种不变的声音,

它开始又结束。
重新开始又重新结束——

不变的雨,来自内心
或外界。这个时间这个地点

这个声音里,没有变化,
其中雨是一个整体,

天空是一把想象的木椅,
是一座大厦的亮点,

从虚无中升起,黄昏的椅子,
蓝色斜腿的贵人凳,真实——虚幻,

变幻的中心,
为变幻本身而变幻,

一闪而过，是生命，是金子，
是一种存在，一种意志，一种命运。

来自阿纳卡西斯[1]的口袋

阿纳卡西斯在口袋里找到这样的诗行:
"肥沃的农庄,那片田野
在早晨看上去像一个节日。"

这是他在雅典附近写下的。白色的农庄。
大理石的建筑,耸立在大理石的光中。
他的清澈使那片远景明亮。

皮维[2]的主题。他会把那片景色
画进他灰色的玫瑰与紫色的岩石。
花朵会看见皮维的行为,向他抗议,

并说起最绚烂的存在……
在所有圆圈的正中心,白色
真实地站着。最近的圆圈

映着白色,渐远渐淡,
受到差异和定义的影响,

---

[1] 阿纳卡西斯(Anacharsis),活跃于公元前六世纪初的西西里王子,被视为高贵的野蛮人,七智者之一。
[2] 皮埃尔·皮维·德·夏凡纳(Pierre Puvis de Chavannes, 1824—1898),19世纪法国象征主义代表画家。

像一支曲调定义自己并分离。

圆圈扩散开去,水晶色彩出现,
火焰、花朵和他广博的积累
站立着,思考并重复最初的诗行。

对过去的偏见

白昼是孩子们的朋友。
是玛丽安娜的瑞典马车。
是一顶大大的帽子。

老鹰似的学究们只看见
他们所见的,他们把马车
看作是心灵的残片。

他们把哲学家的帽子
不假思索地抛在一边,
仿佛是思想的残片……

老鹰似的学究们把白昼
看作是过去的时间的纪念物,
而孩子们却把白昼看作

告别、形体、意象——
不是白昼的,不是永恒时间的,
而是他们自己的。

所以，老鹰似的学究们发现
哲学家的帽子是思想的一部分。
瑞典马车是心灵的一部分。

努力发现生命

在圣米盖尔温泉[1],
女侍者在火山的壮丽里
堆起黑色的赫莫莎[2]。
然后在四周摆上当地的玫瑰,
有蓝的,有绿的,都带条纹。
还有白玫瑰,花瓣晕染了翠色,
从死寂的炽热中拿来。

一个行尸般的人走进来,
鞠了个躬,带来一个头戴披巾,
容颜灿烂,皮肤苍白的女人,
火热的眼睛,细长的手臂。
她和他一起站在桌旁,
微笑着,在稠密的空气中
舔着嘴唇。

绿玫瑰在烟雾中
从桌上飘起。蓝色花瓣

---

1 圣米盖尔温泉(San Miguel de los Baños),古巴马坦萨斯(Matanzas)省的一个温泉小镇。
2 赫莫莎(Hermosa)在西班牙语中是美丽的意思,在此指古巴的一种玫瑰品种。

变成光彩发黄的烘托,
在黑花簇和白花簇的烘托中。
行尸般的俩人消失了。
桌上靠近他们站立的地方
平放着两枚硬币。

夏天的信物

一

现在,所有被残杀的愚人来到盛夏,
狂怒的春天过去了,离秋天最初的呼吸
还很遥远,草丛中的小鸟
刚刚孵出,玫瑰带着
沉甸甸的芳香,心灵收起烦恼。

现在心灵收起烦恼,开始思考。
记忆烦躁到这般境地。
这是某一年的最后一天,
往后时间便不存在。
想象的生命出现。

再没有可写可想可感的东西,
而这必将安慰心灵的痛楚,抵抗
虚假的灾难——父亲们站成一圈,
母亲们抚摸着,谈论着,待在附近,
恋人们在松软的干草中等待。

二

推迟夏天的解剖,仿佛
自然的松树,超自然的松树。
让我们只关注于唯一的事情。
让我们以最炽烈的目光凝视。
将一切别的东西燃为灰烬。

在洁白的天空追随金色的太阳,
不受任何暗喻的侵扰。
凝望着凄凉的太阳,
说这就是我所寻找的中心。
把太阳固定在永恒的叶簇中,

把捕获的和平注入叶簇,
这种永恒的喜悦,依然可能
对变幻全然不觉。流放
对不存在的事物的欲望。
这是无法获得的丰饶的荒芜。

三

这是全世界的天然之塔,
眺望之点,绿色的绿色极点。
这塔楼比四周的景色更珍贵,

眺望之点蹲伏着,仿佛一个王座。
万物的中心,绿色的极点,

最快乐的乡村,响起婚礼颂歌。
塔楼耸立在那座山上,
那座最后的山峰。那里,
不眠的太阳呼吸着清新的空气,憩息。
这是极点创造的庇护所。

那位老人站在塔楼上,
他没在读书。他红色的年纪
汲取红色的夏天,满足于
使他的岁月充盈的智慧,
满足于超然的情感。

四

现实的一种限制
自己出现在奥利,那时干草
经过很多天的曝晒,堆放在一起。
那片土地太成熟,太安详了,不再神秘。
那里超人的目光望不穿辽远,

耳朵第二种感觉盈满了
合唱,最后的合唱,最后的声音,

而不是第二种声音,不是唤起,
没有掺杂别的东西,完全实现了
语言纯粹的修辞,却不用词语。

事物停止于那个方向。由于它们的停止,
方向也停止了。我们接受现存的事物,
认为它们很好。极端的必定是好的,
是我们的财富,贮于林中的蜂蜜,
是节日绚丽斑斓的色彩。

五

一天使一年丰富。一个女人
使别的逊色。一个男人成为一个种族,
像他一样崇高,像他一样永恒。
而别的日子是否丰富了那一天?
女王是否像看上去的那么谦卑,

她整个家族仁慈的庄严?
那个愤怒的战士,大地的后代,
他轻灵地诞生,饱经风雨,
站在阳光中,毫不浮夸。
那片超凡的蓝

保留着岁月和人们的颂歌,

却没有纪念物。那一天丰富了
一年,不是作为装饰。
被剥夺的记忆展示着强度——
朝气蓬勃的儿子,英雄的力量。

六

岩石不会碎裂。它是真理。
它从陆地和海洋升起,又覆盖它们。
它是一座山,山的一半是绿,
而无法量度的另一半,变成
平静的空气。但它不是

隐士的真理,不是隐士的象征。
它是可见可听的岩石,
是确定的宁静明亮的仁慈,
是这片土地上最灿烂的宁静,
是让我们保持信心的事物。

它是夏天的岩石,是极点,
那山的一半绚烂地开花,
另一半浸入明亮的光中——
蓝宝石在天宇中心的闪光,
仿佛十二个王子坐在国王面前。

七

远远地在林中,他们唱着不真实的歌,
无忧无虑。在客体面前
很难歌唱。歌手们必须改变自己,
或是改变客体。深深地在林中,
在平淡的田野上,他们歌唱着夏天。

他们歌唱对身边客体的欲望,
在客体面前,欲望不再移动,
不再使自己变成它无法找到的……
三次,凝聚的自我抓住了——
三次,三倍凝聚的自我占有了——

客体,牢牢握住,狠狠审视,
一次是占有,一次是征服,
或渴望征服,一次是宣布
被占有的客体的意义,这艰难的奖赏
显而易见,得以完全呈现。

八

清晨的号角在云端吹响,
响彻天空。这是可见的宣喻,
却又多于可见而锋利的

明亮的景色。号角哭喊着,
这是无形之物的后继者。

这是计划中精神的替代物。
在视线和记忆中,
它必将获取地位,正如可能的事物
取代不可能的。哭喊的回声
仿佛上万个翻跟斗者翻滚而下,

分享白昼。号角相信存在着
一个心灵,它意识到分裂,
意识到它的哭喊是号角,它的措辞方式
与人群中的要人一样:
在不真实中变得崇高的人类心灵。

九

苍蝇低飞,鲜艳的公鸡停在豆架上。
你棕色的胸膛发红,你在等待温暖。
一只眼睛望着一动不动的杨树。
园丁的猫死了,园丁走了,
去年的花园里长满荒草。

感情的情节跌碎了,
在一个遗弃的地方。你望着那片荒凉,

温柔的小鸟,梳理过的
心境,温柔而痛苦,
生命和死亡的蕴藏,光滑的灌木,

闪亮的野兽,跌碎的情结。
在你的豆架上,也许你会发现
另一种复杂的感情,没这么温柔,
没这么亲切,你发出一种声音,
不属于倾听者自己的感觉。

十

夏天的人物扮演由非人类作者
描写的角色,那位作者在深夜
蓝色的阴影里沉思着金甲虫。
他没有听见角色在说话,而看见他们
穿着色彩斑斓的戏装,

蓝的和黄的,如天空和太阳,
束着彩带,结着花边,
镶着红绿的条纹。这些服饰
很适合繁复的礼仪,优雅的时尚,
是夏天色彩缤纷的情绪的一部分。

那些角色在说话,因为他们

想说话，那些玫瑰色的肥胖角色，
暂时摆脱了恶意与尖叫，
完成于完成的布景，说着
台词，沉浸在年轻人的幸福中。

最高虚构笔记

致亨利·丘奇

除了对你,我还对什么感觉到爱?
我把最智慧的人写的最极端的书
贴近我,日夜藏在我心中?
在单一、确定的真那不确定的光里
在生动的变化性中等于在其中
我遇到你,我们安静地坐着的光里,
在我们的生命中心,有么一刻
你带来的是安宁,生动而透明。

它必须抽象

一

开始吧,年轻人,先来感受
这个发明的观念,这个发明出的世界,
太阳不可思议的观念。

你必须重新成为一个无知的人
用无知的眼睛重新看太阳

在它的观念中清楚地看见它。

永远不要把发明的头脑当作
这观念的来源,也不要为那个心灵
构想一个蜷缩在其火焰中的多卷帙主人。

在其观念中看,太阳多么洁净,
洗涤于把我们和我们的意象
从中驱逐的天堂的最遥远的洁净中……

一个神的死,是所有神的死。
让紫色福玻斯[1]躺在褐色的收获中,
让福玻斯在秋天的褐色中沉睡,死去,

福玻斯死了,年轻人。但福玻斯
是永远无法被命名之物的名字。
曾有个关于太阳的企划,现在还有。

现在还有关于太阳的企划。太阳
不得有名字,舞动金色者,却需
在存是是什么的困难中存是。

---

[1] 福玻斯(Phoebus),古希腊神话中太阳神阿波罗(Apollo)的别称。

二

正是隔间的天际慵倦
让我们回到第一观念,这项
发明的生命;对真的劫持

却如此有毒,对真本身
如此致命,第一观念
成为诗人传喻里的隐士,

他整天来了又去,来了又去。
会不会有第一观念的慵倦?
伟大的学者,除此之外还该有什么?

修道者是一位艺术家。哲人
指定人在音乐中的位置,比如说,今天。
但牧师有欲望。哲人有欲望。

而没有是欲望的开始。
拥有不存在的是其古老的循环。
这是冬末的欲望,当它

观察到天气毫不费力地变蓝
看见灌木丛中的勿忘我。
因为阳刚,它听到了日历赞歌。

它知道所拥有的非其所是
扔掉它,就像另一时段的东西,
就像清晨抛弃暗淡的月光,陈旧的睡眠。

三

诗让生命焕然一新,我们故而
片刻间分享第一观念……它满足
对无瑕的开端的信仰,

插上无意识的意志的翅膀,把我们派往
无瑕的终点。我们在这些点之间移动:
从始终如初的赤诚到后来的繁复,

它们的赤诚是一种强烈的兴奋
我们所感来自我们所思,思想
在心中跳动,仿佛血液新来,

一种灵丹妙药,一种激励,一种纯粹的力量。
这首诗,通过坦率,再次带来了一种力量
赋予万物坦率的品性。

我们说:夜里,一个阿拉伯人在我的房间,
带着他那该死的呼布拉-呼布拉-呼布拉-嚯,

记载下原始的天文学

未来把他的星星投射在未被涂抹的开端
然后扔到地板上。白天
森鸠经常唱着呼布拉-嚯

大海最粗鄙的虹彩
嚎叫着上升,嚎叫着跌落。
生活的荒谬以奇怪的关系刺穿我们。

四

第一观念不是我们自己的。亚当
在伊甸园中是笛卡尔的父亲
而夏娃把空气当作她自己的镜子,

她的儿女们的镜子。他们发觉自己
在天堂犹如在玻璃镜里;第二个尘世;
在尘世本身他们发现一种碧绿——

那些住在清亮碧绿里的居民。
但第一观念并不是要在模仿中
塑造云朵。云朵先于我们

我们呼吸之前已有一个污浊的中心。

神话开始之前已有一个神话，
庄严，明晰，完整。

诗由此而生：我们生活在一个地方
那里不是我们自己的，更不是我们自己，
尽管日子上了彩妆，还是艰难。

我们是模仿者。云朵是导师
空气不是镜子，而是光板，
后台明暗，玫瑰的悲剧光影

和喜剧色彩，在其中
深渊的乐器发出声响，仿佛
我们赋予它们的拨弄意义的啾鸣。

五

狮子对狂躁的沙漠怒吼，
红色的吼声染红了沙粒，
挑战红色的虚无演化出对手，

以脚、颌和鬃毛主宰，
最灵活的挑战者。大象
嘶吼着打破锡兰的黑暗，

池塘表面的闪动,
击碎最天鹅绒的远方。熊,
沉重的肉桂,在山中朝着

夏日的惊雷咆哮,在冬雪中睡觉。
而你,年轻人,从阁楼的窗户往外看,
斜屋顶的房间有一架租来的钢琴。

你静静地躺在床上,把枕头的一角
抓在手里。你扭动,从扭动中挤出
苦涩的话语,喑哑,

却滔滔的暴力。你扫视
那些屋顶,如同守护神兽像
在你的中心标记出来,恐惧不已……

这些都是时间培育出来的英雄儿童
抗拒第一观念——鞭打狮子,
给大象披上盛装,教熊学会杂耍。

六

没有被意识到,因为没有
被看见,没有被爱,没有被恨,因为

没有被意识到。弗兰斯·哈尔斯[1]所画的天气

被毛刷似的风刷亮,在毛刷似的云里,
被蓝色浸湿,由于白色显得更冷。
没有人理睬,没有屋顶,没有

初熟的果实,没有鸟的处女琴[2]
深棕色的束带松开了,却没被放弃。
快乐是,快乐曾经是,快乐的连翘

黄色,黄色淡化了北方的蓝。
没有名字,没有所欲之物,
如若只是想象到,美妙地想象到。

我的房子在阳光下有些许变化。
玉兰花的芬芳扑面而来,
虚假的轻弹,虚假的形式,近乎亲缘的虚假。

必须可见或不可见,
不可见或可见,或二者皆是:
眼中既见又不见。

---

[1] 弗兰斯·哈尔斯(Frans Hals,约 1581—1666),17 世纪荷兰现实主义画派的奠基人,杰出的肖像画家。
[2] 处女琴(virginal),又译维吉纳琴,欧洲乐器,类似羽管键琴,流行于文艺复兴晚期到巴洛克时期。

天气和天气巨人,
比如说天气,纯粹天气,纯粹空气:
充血的抽象,像人有思想。

七

如是感觉真好,没有巨人,
想到第一观念的人。也许
真有赖于绕湖散步,

身体疲劳时的镇定,停下来
看一眼三角草,停下来观察
轮廓逐渐明确,并且

在明确中等一下,休息
在湖边的松树丛中。
也许有与生俱来的卓越的时代,

就像公鸡在左边鸣叫,万物
安好,无法计算的平衡,
此时来了一种瑞士式完美

而一种熟悉的机器音乐
搞起了滥情,并非我们获得的
平衡,而是自然发生的平衡,

就像男人和女人相遇相爱。
也许,有觉醒的时刻,
极端的,偶然的,个人的,其中

我们不仅仅醒来,坐在睡眠边上,
就像在高处,望着
学院,恍如雾中的建筑。

八

我们能否构造一个城堡-坚垒-家,
在维欧勒-勒-杜克[1]的帮助下,
并让那个麦卡洛成为主要人物?

第一观念是想象出来的事物。
沉思的巨人俯卧在紫罗兰的空间里
也许是那个麦卡洛,一种权宜,

逻各斯[2]与逻辑,水晶假说,
起始和形式来说这个词

---

[1] 维欧勒-勒-杜克(Eugene Emmanuel Viollet-le-Duc,1814—1879),法国建筑师、理论家、画家,法国哥特复兴建筑的中心人物。
[2] 逻各斯(logos),大致相当于理性,在西方哲学和神学中具有重要意义,比如说逻辑来自于逻各斯。

以及其中潜在的每一种叠合,

华美的语言学家。但那个麦卡洛就是麦卡洛。
并不意味着主要人物就是人。
如果麦卡洛自己懒散地躺在海边,

被海浪淹没,在涛声里阅读,
关于第一观念的思想者,
他也许会养成习惯,不管是从海浪还是片语

或海浪的力量,或深沉的言语,
或更纤细的生灵,朝他涌来,
具有更大的天赋和悟性,

仿佛海浪最终绝不会破碎,
仿佛语言突然间轻易说出
它从前费尽周折才说出的事物。

九

浪漫的吟诵,宣叙的灵视
是神化的部分,恰如其分
符合其本质,特有的语言。

它们不同于理性的嘀嘀嗒嗒声,

理性所应用的内闪。但神化并不是
主要人物的起源。他来了

身着精悍无敌的铂片,来自理性,
被午夜好学的目光照亮,
包裹在空想之中,成为

逃避的思想的嗡鸣的对象,
从其他思想逃匿,他静卧于
因一次触摸而永远珍爱的胸膛,

四月的美好为他温柔地落下,
落下,雄鸟那时在鸣唱。
我的夫人,为此人唱出精确的歌吧。

他是,也许是,但是,哦!他是,他是,
这被感染的过去的弃儿,如此明亮,
他的手势如此感人。

但不要看他那双有色的眼睛。别给他
命名。把他从你的意象里除掉。
他的热在心中最为纯粹。

十

主要的抽象是人的观念

而主要人物是它的阐发者,
在抽象中比在其单独中更有能力,

作为原则,比粒子更具有繁殖力。
快乐的繁殖力,花朵丰富的力量,
不仅仅是一个例外,部分,

尽管是普通性的英雄部分
主要抽象就是普通性,
毫无生气,面目狰狞。那是谁?

哪位拉比,被人类的愿望所激怒,
哪位酋长,独自走着,哭喊
最痛苦,最常胜,

并没有逐个看见这些孤单的身影,
只见到一个,穿着旧外套,
马裤耷拉着,在镇子外面

寻找那曾有过的,曾经的所在?
无云,早晨。就是他。穿着
旧外套的那个男人,马裤松松垮垮,

他的本分,年轻人,是创造,
最后的优雅,不是安慰

不是圣化,而是朴素地提议。

它必须变化

一

古老的六翼天使镀了金,在紫罗兰中
吸入指定的气味,而鸽子
如编年史里的幻影腾空而起。

意大利的女孩儿们,头戴水仙花
六翼天使早已见过这些,
在母亲们的额头巾里,会再次看见。

蜜蜂嗡嗡飞来,好像从未离开,
好像风信子从未消失。我们说
这个在变,那个在变。而恒在的

紫罗兰,鸽子,少女,还有风信子
是无常的宇宙中
无常原因的无常客体。这意味

夜晚的蓝色变幻无常。按照他的想法,

六翼天使是土星上的萨蒂尔[1]。
这意味着我们对这凋零景色的厌恶

是因为它变幻不够。它一成不变,
不过是重复而已。蜜蜂嗡嗡飞来
仿佛——鸽子在空中振翅。

催情的香味,一半来自身体,一半
来自意图明显的酸,确信它的意图,
沉闷的嗡嗡声,没有在细微之处被打断。

二

总统下令蜜蜂永远
不死。总统下令。然而
拍打着沉重的翅膀,身体再一次

起飞,一个不竭的生命,凌驾于
至高的对手
嗡嗡诉说幼鸟绿色的片语?

为什么蜜蜂要重新找回丢失的吹嘘
要在号角和嗡嗡声中找到低沉的回声

---

[1] 萨蒂尔(Satyr),古希腊神话中的森林之神,半人半兽,下半身是山羊体,头上长有公羊角,沉溺于淫乐,性喜欢乐。

无底的奖杯,老号角手之后的新人?

总统的桌上放着苹果
赤脚的仆人围着他,仆人们
把窗帘调整到形而上尽善尽美,

国家的旗帜飘扬,炫目的
一排排的旗杆倏然展现炫目的红蓝
拍打着绳索。在金色的愤怒中

春天要抹消冬天的痕迹,为什么
会有回归,或记忆的梦中
死亡的问题?春天是一场睡眠吗?

这份温暖送给恋人,终于完成
他们的爱,这是开始,而非重续,
新来的蜜蜂嗡嗡,嗡嗡。

三

杜皮伊将军的伟岸雕像
静止不动,尽管临近的灵柩车
载走了高尚广场的居民。

马那只抬起的右前腿

显示在最后的葬礼上,
音乐停止,马静立不动。

星期天,律师们在散步
走近这尊高高矗立的雕像
研究过去,而医生们

仔细洗过澡后,找出悬空的
没有神经的骨架,一件持久的东西,
如此僵硬,让将军显得有点儿荒谬。

把他的真肉身变为非人的青铜。
这样的人,从来就没有过,将来
也不会有。律师们不相信,医生们

说作为风靡显赫的装饰,
雕着天竺葵的基座,将军,
杜皮伊广场,实际上

属于我们更显残迹的心态。
什么也没发生,因为什么也没改变。
最终,将军就是垃圾。

四

两种性质相反的事物,似乎彼此
互相依赖,如同一个男人
依赖一个女人,白天依赖夜晚,想象的

依赖实在的。这是变化的起源。
冬与春,寒意交合,拥抱
狂喜的细节随之而来。

音乐像一种感觉,落在寂静上,
我们感受到这激情,却并不理解。
上午和下午紧紧抱在一起

北方和南方是天生的一对
太阳和雨水构成复数,像两个恋人
在最绿的身体里作为一体离开。

在孤独中,孤独的小号
不是另一种孤独的回响;
一根细弦代表了一组声音。

分享者分享改变了他的东西。
触摸的孩子,从所触之物、
所摸之体获得性格。船长和他的船员

是一体,而水手和大海是一体。
随之而来,哦我的同伴,我的伙计,我自己,
姐妹和安慰,兄弟和欢愉。

五

在齐天宽阔的水体中一座蓝色岛屿上,
野橘树继续开花结果,
而种植者早已死去。几粒酸橙

还挂在他的房子倒塌之处,杂乱的绿
压得三棵枯树摇摇欲坠。它们是种植者的绿松石
他的橘色斑点,他的零绿。

在最绿的阳光下,绿被炙烤得更绿。
这些是他的海滩,他白沙中的
大海桃金娘,他绵长浪沫的低语。

在他之外,有一座岛,
一座朝南的岛,岛上栖息着
一座山,一只菠萝像古巴的夏天一样刺鼻。

那里,那里,凉爽的香蕉生长
沉甸甸地垂在那棵巨大的香蕉树上,

它刺穿云层,俯弯在半个世界上空。

他时常想起他来自的土地,
整个乡野是一个瓜,粉色
要是看的方法正确,一种可能的红。

否定之光照中不为所动的人
无法承受劳作,也无法死去
叹息他应该离开班卓琴的弦声。

六

叫我汝[1],麻雀对开裂的草叶说,
你,你,叫我汝,当你吹动时,
当你在我的小树林里看到我在。

啊,呵!该死的鹩鹩,可恶的松鸦,
呵呵,喉如水罐的知更鸟不停倾诉,
叫汝,叫汝,叫我汝,在我的林间空地上。

雨中有如此白痴的吟游,
这么多的铃舌鼓动却没有铃,

---

1 原文为"Bethou me","thou"在古英语中指第二人称单数,现代英语中的"you"可指第二人称单数,也可指复数。这句话同时令人想起雪莱《西风颂》中"汝做我吧"(Be Thou me)。

这些叫汝构成一面天锣。

有个声音在重复,不知疲倦的唱诗班歌手,
只有一个片语,呵呵,
单一的文字,单调如花岗岩,

只有一张脸,仿佛命运的照片,
吹玻璃者的宿命,毫无血色的主教,
没有眼睑的眼睛,没有梦想的心灵——

这些属于缺乏吟游技艺的吟游诗人,
属于第一片叶子是所有叶子的
故事的大地,其中麻雀是石头鸟

从不改变。叫他汝,你
和你,叫他汝,叫汝。那声音
彼此相仿。终将结束。

七

月亮的一场皎洁之后,我们说
我们不需要任何天堂,
我们不需要任何引诱的赞美诗。

这是真的。今夜,紫丁香放大了

随意的激情,潜伏在我们心中的恋人
随时准备的爱,我们呼吸

什么也不唤起的味道,绝对。
我们在死寂的午夜遇见
那紫色的味道,那盛开的花朵。

恋人叹了口气,仿佛在寻求可得的幸福,
可以吸入体内,
藏在心里,无人知晓。

因为随意的激情,随时准备的爱
是我们尘世,此时此地所生
我们生活在那里,我们生活在各地,

仿佛五月夜晚的云端,
无知之人的勇气里,
他照书吟诵,而写书的学者心里

渴望另一种可得的幸福;
必然的波动,感知程度的
变化,在学者的黑暗里。

八

环球旅行时,南齐娅·农西奥[1]
遇见了奥兹曼迪亚斯[2]。她一个人
旅行,仿佛准备已久的处女。

我就是配偶。她取下项链
放在沙子里。如我所是,我就是
配偶。她解开石头镶嵌的腰带。

我是被剥夺了灿烂黄金的配偶,
祖母绿或紫水晶之外的配偶,
我燃烧着的身体之外的配偶。

我是被剥去衣衫的女人,比赤裸更赤裸
站在不变的秩序前,
说我就是那个被期许的配偶。

对我说那话语,一旦说出,它将以它
唯一的珍贵饰物装扮我。
为我戴上神灵的钻石王冠。

---

[1] 农西奥(Nunzio)作为姓源自拉丁语 nuntius,本指信使。
[2] 奥兹曼迪亚斯(Ozymandias),古埃及法老拉美西斯二世的希腊语名字,即建造狮身人面像的那位。诗人雪莱同名诗中写道:"我是万王之王,奥兹曼迪亚斯。"(My name is Ozymandias, King of Kings.)

为我裹上最后的细丝，
我为如此熟悉的爱而颤抖
因为你，我才珍贵而完美。

奥兹曼迪亚斯却说，配偶，新娘
从来都不裸体。虚构的遮掩
从来都是用心灵和头脑的光线编织。

九

这首诗，从诗人的胡说
变为圣经俗本的胡说，又变回来。
它变来变去，抑或本身就是二者？

它是一道闪光
还是阴天的浓缩？
是否有一首诗，从未抵达词语

却把时间谈吐掉的一首？
这首诗既独特又普遍？
那里有一种冥想，似乎

包含了一种逃避，某种未被理解
或未被完全理解的事物。诗人

是否在没有感觉的元素里躲避我们?

躲避,这炽热而依附的演说家,
我们最迟钝的障碍处的发言人,
一种言语形式的阐发者,说一种

只微微属于舌头的言语?
他所寻求的不过是圣经俗本的胡说。
他试图用一种特异的语言讲述

普遍性的特异的力量
把想象的拉丁语
与最欢快的通用语掺杂在一起。

十

长椅是他的强直性僵硬病,转喻的
剧场。他坐在公园里。湖水
漂满了人造的东西,

像一页音乐,像一阵上层空气,
像一种瞬间的色彩,里面的天鹅
是六翼天使,是圣徒,是变化的本质。

西风是音乐,是运动,是力量

天鹅为之雀跃,那是变化的意愿,
要在空白处雕出鸢尾纹的意愿。

变化的意愿,一种必须
且在场的方式,一种呈现,一个
无常的世界,又如此恒定,无法被否认,

隐喻中流浪汉的眼睛
吸引了我们的目光。偶然
并不充分。转化的新鲜

是世界的新鲜。是我们自己的,
是我们自己,我们自己的新鲜,
那种必要性和呈现

是玻璃镜拓片,我们向内凝视。
那些欢快翠绿的开端,提议
合适的恋情。时间会把它们写下来。

它必须带来愉悦

一

在精确而习惯的时节唱个人欢歌,

戴着羽冠,披着大众的鬃毛
作为其中的一部分,用它巨大的喉咙欢呼,

谈论欢乐,歌唱欢乐,骑在
喜悦众人的肩上,去感受心灵
这才是共性,最勇敢的基础,

这是一种简单的练习。哲罗姆[1]
催生大号和火风弦,
金色手指弹拨深蓝的空气:

为在那里移动的群声,
寻找声音最凄凉的祖先,
寻找散发光芒的音乐

以超感的方式落下来。
但最困难的严谨在于,一旦见到
我们所见的意象,就要在荒谬的瞬间

捕捉到它的非理性。
当太阳升起,大海
清澈见底,月亮挂在天堂

---

[1] 圣哲罗姆(St. Jerome,约347—420),早期拉丁教会圣师,《圣经》拉丁语俗本译者。

避难所的墙上。这些不是变形的事物。
而我们却为之震撼,仿佛它们就是。
我们用后来的理性来推演它们。

二

蓝色的女人,系着链子,涂了亮漆,在窗前
并不渴望羽毛般的珠光石
化作冰凉的白银,不渴望泛沫的云朵

成为泛沫的波浪,不必像波浪一样移动,
也不渴望性的花朵未经热烈的沉醉
便安然睡去,或是夏夜

芬芳的空气强化流产的梦,
在睡眠中得到自然的形式。
只要她还记得,便已足够:

春天的珠光石在葡萄叶中
找到栖所,安抚火红的脉搏;
泛沫的云朵不过是

泛沫的云朵;泛沫的花朵
还没经历青春期便已凋萎
当八月的松枝和谐的热气

进入房间,它昏昏睡去,夜晚来临。
只要她还记得,便已足够。
蓝色的女人眺望,从窗口命名

山茱萸的珊瑚,冰凉,清亮,
冷冷地描述。它本来那么实在,清亮
如果没有眼睛的介入。

三

永恒的灌木丛中永恒的面容,
无尽的红色中一张石头的脸,
红翡翠,红条蓝,板岩脸,

古老的额头上垂着浓密的头发,
雨水的沟槽,红玫瑰的红
饱经风霜,深红色的水侵蚀,

喉咙周围的藤蔓,没有形状的嘴唇,
紧皱的眉头,像巨蟒在额头晒着太阳,
情感耗尽,什么都没留下,

红之红的重复,从未离去,
有点儿生锈,有点儿胭脂,

有点儿粗糙和鲁钝,一项王冠

眼睛无法避开,红色的声誉
对着乏味的耳朵吹嘘。
光辉消退,红玛瑙黯淡无光

被虔敬地滥用。也许本可如此。
也许,也许本可如此。而事实上,
死去的牧羊人从地狱带来巨大的和弦

并吩咐绵羊痛饮。至少他们这么说。
喜爱他们的孩童,带来初开的花朵
四处撒下,没有两朵是相似的。

四

我们用后来的理由理论这些事物,
用我们看见,清晰看见,以及
已经看见的打造一个依赖我们自己的地方。

卡托巴有一场神秘的婚礼,
那是年中的一个正午
伟大的船长和少女宝芷。

这是婚礼的赞美诗:我们

一见倾心,却不会结婚。少顷
一方拒绝了另一方的所求,

放弃啜饮婚酒。
一人选取另一人,不能只因他伟岸
强大的外表,或者她曼妙的声音,

秘密的圆铙钹的嘘嘘嘘。
彼此必须以对方为标识,简短的标识
阻挡旋风,抵抗恶劣的天气。

伟大的船长热爱山丘连绵的卡托巴,
因此娶了他在那里找到的宝苤,
而宝苤也爱船长,一如她爱太阳。

他们的婚姻美满,因为结婚之地
是他们所爱的。既非天堂也非地狱。
他们是爱的角色,彼此面对。

五

我们喝默尔索干白,吃孟买龙虾配芒果
酸辣酱。然后,阿斯匹林教士
滔滔不绝地讲起他妹妹,她怎样在理智的狂喜中

住在自己的房子里。她有两个女儿
一个四岁,一个七岁,她打扮她们
如同色彩贫乏的画家作画一样。

但她还是把她们画出来,和她们的贫穷
很般配,蓝灰的底色,衬出
黄丝带,仿佛是她们死板的声明,

再配上星期天的白珍珠项链,寡妇的乐趣。
她把她们藏在简单的名字里。拒绝梦想
她把她们护在身边。

她们说的话,是她听到的声音。
她看着她们,看到了她们本来的样子
她的感受击退了最直白的短语。

阿斯匹林教士说完这些,
陷入沉思,哼着赞美赋格曲的调子
那本是唱诗班演唱的变调。

孩子们睡着时,他妹妹自己
在沉默的激动中,向睡眠索求
清醒的睡眠本身,为了她们。

六

漫长的午夜,牧师睡着了
正常的事物都哈欠连天。
虚无是一种赤裸,一个点

那以外的事实无法作为事实进展。
于是人的学识再一次构想
夜晚苍白的启示,黄金

在他的眼睛下面,很深的下面,
他耳朵的山中可以听到,
他心灵的真正材料。

所以他就是他所见的上升的翅膀,
在轨道的外星中向他们移动
落到孩子们的床上,他们

躺在那里。然后以巨大的怜悯之力
径直飞向黑夜的最顶端。
虚无是一种赤裸,一个点

那以外的思想无法作为思想进展。
他不得不选择。但不是
在彼此排斥的事物间选择。不是彼此之间的

选择,而是既此既彼。他选择包括
彼此包括的事物,全体,
复杂体,累积的和谐。

七

他强加他想到的秩序,
就像狐狸和蛇一样。这样做很勇敢。
接着,他建造立法院,在它们

比蜡还白的走廊中,铿锵有力,名声响亮,
他为理性之人立起雕像,
他们超过了最有文化的猫头鹰,最博学的

大象。但强加不是
发现。发现比如说
季节的秩序,发现夏天并了解它,

发现冬天并深入了解它,发现
而非强加,不加以理论,
从虚无中找到主要天气,

这是可能的,可能的,可能的。肯定是
可能的。随着时间的推移

实在将从其原始的混合中出现，

乍看就像吐出来的野兽，又不像，
为绝望的牛奶所温暖。发现实在
剥去所有的虚构，只留下

一个绝对的虚构——天使，
在你发光的云里静默倾听
恰当的声音发光的旋律。

八

我该相信什么？如果天使在云端
安详地凝视狂暴的深渊，
拨动琴弦，拨动无尽的荣耀，

在夜晚的启示中向下跳跃，然后
乘着他展开翅膀，只需要深深的空间，
忘记黄金中心，黄金色命运。

在他一动不动的飞行动作中温暖起来，
想象这个天使的我，是否还不满足？
翅膀是他的么，青金石出没的空气？

是他还是我经历了这些？

是我一直在说吗,有一个时辰
盈满了能够言喻的狂喜,置身其中

我一无所求,忘记了需求的金手,
满足于没有安慰的威严,
要是有一个时辰,就有一天,

就有一个月,一年,就有一个时间
其中威严是自我的一面镜子:
我没有,但我在,因我在,我在。

这些外部区域,我们用什么来填充
除了沉思,死亡的恶作剧,
屋顶下自我实现的灰姑娘?

九

大声鸣叫吧,柴瘦的鹟鹩。天使能做的事
我都能做。我像他们一样享受
像另外的人,那些在隐秘的光下的人

享受天使。吹吧,勉强的小号手
在鸟巢边上为求偶吹号,
雄性小号手,吹吧,吹吧,又戛然而止,

红色的知更鸟,停在你的前奏里,练习
不过是重复。这些事物至少包括
一种职业,一项练习,一件工作,

一件自身已终极的事物,因而是善:
自身已终极,故而善的巨大重复
之一,因而是善,那种循环

一轮又一轮,仅仅循环,
直到仅仅循环就是终极的善,
犹如酒出现在林间桌子上。

我们像男人一般享受,仿佛一片叶子
在桌子上方不停地旋转其旋转,
我们开心地望着叶子,望着

它旋转其离心的轨迹。也许
人类英雄并非特殊的怪物,
而是最能主宰循环者。

十

胖女孩,陆地,我的夏天,我的夜晚,
何以我在差异中找到你,在移动的
轮廓里见到你,尚未彻底完成的变化?

你看上去熟悉，却有些怪异。
我彬彬有礼，夫人，但在一棵树下
这种无缘无故的感受要求我

平直地说出你的名字，不浪费词语，
检查你的回避，让你归于你自己。
即便如此，我想到你坚强或疲惫的时刻

俯身工作，焦虑，满足，孤独，
你保持着超乎自然的形象。你
成为软足的幻影，非理性的

扭曲，不管多么芬芳，多么亲切。
就是它：超越理性的变形，
由感觉产生的虚构。的确如此。

总有一天，他们会在索邦[1]搞清楚的。
听完讲座，我们将在暮色中回来
满意于非理性即理性，

直到被感觉撩动，在镀金的街道，
我直呼你的名字，我的绿，我流动的世界。

---

[1] 索邦（Sorbonne），1257年成立的神学院，巴黎大学的前身。

而你将不再旋转,除了在水晶里。

———————

士兵,有一场战争,在心灵和天空之间,
在思想和白昼和夜晚之间。
因此,诗人总是在阳光下,

在他的房间里,修补月亮,
随着维吉尔[1]的节拍,抑扬
顿挫。这是一场永无休止的战争。

而战争取决于你自己。二者是一体。
它们是复数,一右一左,一对儿,
两条平行线,只在它们的影子交汇处

相遇,或在军营的一本书里,
在寄自马来的一封信里,相遇。
但你的战争结束了。然后你回来,

带着六种肉,十二种酒,或许什么都没带
漫步另一个房间……先生和同伴,
没有诗人的诗句,士兵很贫乏,

---

[1] 维吉尔(Virgil,公元前70—公元前19),古罗马诗人,史诗《埃涅阿斯纪》作者。

他琐碎的提纲,卡住的声音,
不可避免地在血液里调适。
战争比战争,每一场都有其英烈。

何其简单,虚构的英雄变成实在;
何其高兴,随着恰当的词语士兵死去,
如果他必须,或者靠忠实言语的面包活下去。

秋天的极光

秋天的极光

一

大蛇就住在这里,没有身体。
他的脑袋是空气。晚上在他的尾端下
眼睛睁大,在每一片天空盯着我们。

或者,这是从蛋里扭动爬出的另一个,
洞穴尽头的另一个意象,
另一个让身体蜕皮的无体?

大蛇就住在这里。这里是他的巢穴。
这片田野,这些山丘,这些色彩斑斓的距离。
以及海岸线参差起伏的松林。

这是无形之后的吞没形式。
皮肤闪耀,期待消失,
没有皮肤的大蛇闪耀。

这是出现的高度和它的底座
这些光芒可能最终会到达极点
午夜时分,在那里找到大蛇,

在另一个巢穴里，迷宫的主人
由身体和空气和形式和意象构成，
坚定地拥有幸福。

这是他的毒药：我们不应该
相信。他在蕨类植物里沉思，
轻轻移动，确信太阳，

让我们也确信。我们在他的脑袋上看见，
岩石上的黑珠子，有斑点的动物，
晃动的草，林间空地上的印第安人。

二

告别一个想法……小木屋立着，
被遗弃，在海滩上。小木屋是白色的，
按照习惯，或是

祖先的主题，或是
无尽之旅的结局。墙边的花朵
是白色的，有些枯萎，一种标记

让人想起，或试着让人想起
去年或以前，不同的白色，其他某样东西

而非老化的下午的白色,

更加清新或更加陈旧,冬天的云
或冬日长空,从地平线到地平线。
风在吹,沙尘滚过地板。

这里,是白色就是可见,
属于白的固态,极端主义者
演练时取得的成就……

季节变换。冷风吹得海滩瑟瑟发抖。
漫长的海岸线变得更长,更空,
黑暗透过它聚集,却不落下

墙上的白也渐渐黯淡。
沙滩上散步的男人茫然转身,
观察到北方总是将变化放大,

冰冷的光辉,蓝色与红色交织席卷
火焰漫天,极光的绿,
冰与火与孤寂的颜色。

三

告别一个想法……母亲的脸,

诗的目的,充满整个房间。
他们在一起,在这里,很温暖,

对即将到来的梦毫无预感,
已是黄昏。房子已是黄昏,融化了一半。
只剩下他们无法拥有的另一半,

依然星光灿烂。这是他们拥有的母亲,
让他们此刻的平安透明。
她让温柔变得更加温柔。

而她也在融化,被摧毁。
她变得透明。但她已经老了。
项链是雕刻,并非亲吻。

柔软的双手只是一个动作,并非触摸。
房子将会倒塌,书籍也会焚毁。
他们在心灵的庇护所里感到自在

而房子属于心灵和他们和时间,
在一起。都在一起。北方的夜晚
靠近时冷若冰霜。

母亲昏昏欲睡
他们道晚安,晚安。楼上

窗户被照亮,而不是房间。

风洋洋洒洒地吹着,颇为壮观
像枪托一样砸着门。
风指挥着他们,声音不可抗拒。

四

告别一个观念……取消,
否定,从来都不是最终的。不管坐在
哪里,父亲都坐在阴郁目光的空间里,

如同他眼窝里的人那般强壮。
他对不说不,对是说是。他对不
说是;说是时其实在说告别。

他衡量变化的速度。
飞快地从天堂跳到天堂
比坏天使从天堂跳到燃烧的地狱还要快。

而现在,他安静地坐在绿色的日子里,
估测太空的飞速,拍打它们
多云到无云,无云到澄澈

在眼睛和耳朵的飞行中,最高的眼睛

最低的耳朵，仔细分辨的耳朵，
在傍晚，分辨那些陪伴它的东西

直到它听见自己超自然的序曲，
此刻，天使的眼睛界定出
戴着面具、和同伴一起走过来的演员。

主人，哦，坐在火边
也坐在太空中的主人，一动不动
却又在运动，永恒的明亮起源，

深奥，国王和王冠，
看看此刻的宝座。谁能戴着面具
和赤裸的风合唱？

五

母亲邀请人来到家里
坐在桌旁。父亲找来讲故事的人，
还有乐手，他们对故事沉默良久，沉思良久。

父亲找来黑女人跳舞
在孩子们中间，就像在舞蹈的成熟过程中
奇怪的成熟模式。

乐手们为此弹奏诱惑的曲子，
在乐器上抓挠出抑扬顿挫的音调。
孩子们嬉笑吵闹了一小会儿。

父亲凭空变出盛大表演，
剧院场景，远景，成片的树林，
还有帷幕，仿佛睡眠天真的伪装。

置身其中，乐手演奏本能的诗歌。
父亲变出无人放牧的畜群，
野蛮的舌头，流着口水，喘气急促，

跟随着小号的节拍。
这位是沙蒂永[1]，或随便你怎么称呼。
我们站在节日的嘈杂中。

哪个节日？如此喧闹的闲逛？
这些医院的勤杂工？这些粗野的客人？
乐手们为悲剧现场配音，

阿-杜，阿-杜，由以下内容构成：
没有台词可说？没有戏剧。
哦，表演者不过是在场而已。

---

[1] 加斯帕尔·德·沙蒂永（Gaspard de Châtillon），史蒂文斯可能的先祖，十六世纪法国宗教战争时期领袖之一加斯帕尔·德·科利尼（Gaspard II de Coligny）之孙。

六

一座剧院飘浮在云端,
它本身就是一朵云,由雾气弥漫的岩石构成
山峦像水在流动,一波接一波,

穿过层层光波。它是变形的云
又变回云朵,季节懒洋洋地
无休止地变换颜色,

除了在变化中自我挥霍,
光线由黄变金,再由金
变为蛋白石元素和火的喜悦,

四处飞溅,因为它喜欢富丽堂皇
以及宏伟空间的庄严乐趣。
云朵懒洋洋地,飘过构想了一半的形式。

剧院里到处都是飞鸟,
野蛮的楔形建筑,像火山烟雾,棕榈的眼睛
消失,过道

或巨大门廊上的蛛网。议会大厦
可能正在浮现,或刚刚

坍塌。终场不得不推迟……

这是虚无,直到一个男人被控制,
虚无,直到被命名的事物失去名字
被毁灭。他推开失火的

家门。一支蜡烛的学者看到
北极的光辉爆发在
他所是的一切的框界上。他感到恐惧。

七

是否有一种想象坐在宝座上
冷酷而仁慈,夏天停在
正义与非正义中间,

想象冬天?当树叶枯萎。
它在北方占据一席之地,把自己包裹起来,
跳羊[1],水晶般闪亮,坐在

最高的夜晚?把天堂装饰好
宣称,白是黑的创造者,由熄灭

---

[1] 亚里士多德在《气象学》(*Meteorologica*)中将极光喻为跳跃的山羊。此外,跳羊也指从羊角得名的摩羯座(Capricorn)。西方天文学和占星术中,摩羯宫在黄道十二宫中紧随冬至开始。

喷射而出，也许还创造了行星，

甚至地球，甚至视野，在雪中，
除非出于庄严的需要，
在天上，如同王冠和钻石秘法？

它跳着穿过我们，跳着穿过我们所有的天堂
毁灭我们的行星，一颗接着一颗，
离开，我们所在张望的地方，那里

我们彼此相识，知道彼此所想，
颤抖的残留，冷却，早已预知，
只留下王冠和神奇秘法。

但它不敢在自己的黑暗中冒险跳跃。
它只能稍微任性，而不是改变命运。
因它喷射的悲剧，它的石碑

形状和悲哀的创造，去寻找
最终必须能让它复原之物，
例如，月光下轻浮的交流。

八

也许总有一段纯真的时光。

却从来没有一个地方。或者，如果没有时间，
如果不是时间或地点的问题，

独自存在于它的观念中，
就对抗灾难而言，它是真实的。
对最年长最冷酷的哲人而言，

或许曾有过天真的时光
作为纯粹的原则。它的天性就是它的终点，
它应该如是，却尚未如是，

掐住了可怜之人的怜悯，
像一本书，在傍晚，美丽却不真实，
像一本书，关于上升的美丽和真实。

仿佛以太之物，几乎
像谓语一样存在。但它存在，
它存在，它可见，它如是，它如是。

那么，这些光并不是光的咒语，
不是出自云朵的说法，而是天真。
大地的天真，没有虚假的迹象

或恶意的象征。我们一起分享，
像孩子们躺在圣洁之中，

仿佛，醒着，我们躺在安静的梦中，

仿佛天真的母亲在黑暗的房间里
歌唱，在手风琴上，有人隐隐听到，
创造出时间和地点，我们在其中呼吸……

九

还有彼此的思想——按照作品的
习惯用语，按照无辜的地球的习惯用语，
不是罪恶的梦之谜。

我们仿佛是整天待在丹麦的丹麦人
彼此熟稔、心地善良的同胞，
对他们来说，异国风格是一星期当中的

另一天，比星期天还古怪。我们想法一致
这让我们成为一家兄弟
我们以兄弟之情为食，吃得饱

吃得肥，就像在漂亮的蜂巢里。
我们生活的这出戏——我们睡得黏糊糊的。
这种命运的活动感——

约会时，她独自前来，

她的到来让两个人自由了,
一种只有两个人能分享的孤独。

下一个春天,我们会被发现吊在树上吗?
这是何种灾难的迫近:
光秃秃的四肢,光秃秃的树林,风像盐一样锋利?

星星们正系上闪亮的腰带。
它们把明晃晃的斗篷披在肩上,
就像巨大的影子最后的点缀。

它也许明天就会到来,在最简单的字词里,
几乎是无辜的部分,几乎是,
几乎是最温柔最真实的部分。

十

一个不幸的民族在幸福的世上——
拉比,读出这差异的相位。
一个不幸的民族在不幸的世上——

这里映照痛苦的镜子太多了。
一个幸福的民族在不幸的世上——
这不可能。尽管巧舌如簧

伶牙俐齿,却没啥可说,
一个幸福的民族在幸福的世上——
小丑!舞会,歌剧,酒吧。

转回到我们开始的地方:
一个不幸的民族在幸福的世上。
现在,庄重念出这秘密的音节。

读给教堂会众听,为了今天
为了明天,这样的绝境,
这个球体幽灵的发明,

发明平衡,发明整体,
充满活力、永不失败的天才,
成就他或大或小的冥想。

在这些不幸中,他冥想一个整体,
幸运的圆满,命运的圆满。
仿佛他经历过所有的人生,他或许知晓

在老泼妇的门厅,而非静谧的天堂,
在这些灯下,风和天气讨价还价
像夏日麦秆的火焰,在冬天的裂缝里燃烧。

大红人阅读

有鬼魂回到人间,听到他的话语,
他坐在那里,大声地读着蓝色的写字板,
他们来自茫茫星空,本来期待更多。

他们回来听他朗读生命之诗,
灶台上的烤盘,桌上的罐子,夹在中间的郁金香。
他们本来会哭泣,准备赤脚踏入现实。

他们本来会哭泣,会高兴,会在霜中颤抖,
叫喊着要再感受一次,本会将手指划过叶子
对着最纠缠的荆棘,握住那些丑陋的

并大笑,当他坐在那里朗读紫色的写字板,
存是的轮廓及其表达,其法则的音节:
诗创,诗创,文字字符,预言诗行,

在他们的耳朵里,在他们瘦弱憔悴的心里,
呈现出色彩,呈现出形状,以及事物本来的大小,
为他们说出他们本来缺乏的情感。

开始

夏天终于来了,那几处污点
还有她穿过的那扇门的锈迹和腐斑。

房子空着。而她曾坐在这里
梳着露珠般的头发,一抹淡淡微光,

被它黯淡的彩虹色迷惑。
这是她过去经常照的那面镜子

此时此刻,没有历史,
夏天的自我被完美感知,

感受乡村的欢乐和微笑
惊讶,颤抖,手和嘴唇。

她就是从这把椅子上
拾起她宽松的长裙,最精细的编织

由织工编出十二只铃铛……
现在,长裙被遗弃在地板上。

现在，以悲剧最初的昵称
开始在屋檐下温柔地诉说。

乡下人

斯瓦塔拉[1],斯瓦塔拉,黑色的河,
从午夜的帽子流淌而下,
朝向海角的方向
你进入黝黑的大海,

斯瓦塔拉,斯瓦塔拉,山峦层叠
悬在你的头顶,当你移动,
黑暗地移动,没有水晶。
一位乡下人走在你身边。

他既不想帽子也不想斗篷,
只想你黝黑的动作,
总是你黝黑的河水,
那是斯瓦塔拉在呼吸,

名字。他在你身边不语。
他在那里,因为他想在那里
在那层峦叠嶂中
和流水做伴——

---

1 斯瓦塔拉(Swatara),美国宾州的一条溪流。

在那里，意味着在一个地方，
如同在哪儿都有特征。
一个黝黑存在的地方在移动，
缓慢地，朝向黝黑名字的注视。

终极的诗是抽象的

这一天因什么而扭曲？"我们这个美丽世界"的讲师
保持镇定，却又支支吾吾
说地球是玫瑰色的，成熟的，

又说是红色的，正确的。那个特定问题——
这里关于那个特定问题的特定答案
并不相关——相关的是问题本身。

即使日子扭曲，也不是因为启示。
人们继续提问。那是其中
一个范畴。如此说来，这个宁静的空间

被改变了。它不像我们想的那么蓝。要蓝的话，
就不能有任何问题。这是一种智慧
蜿蜒曲折，来回躲闪，

在错误的斜面和距离中扭曲，
并非我们在其中一闪而过的智慧：
同时呈现于空间里的每一处，沟通的

云极。这就足够了

如果我们哪怕只有一次,处在中间,固定于
"我们这个美丽世界里",而不像现在

无助地处在边缘,因为处在中间,
即便只是在某种意义上,在某种巨大的意义上,
纯粹地享受,便已足够。

球形原始体

一

事物核心的本质诗歌,
精神的小提琴演奏出的咏叹调,
用善吞没了我们生命的铸铁,
以及我们作品的铸铁。但那是,亲爱的先生们,
一种困难的统觉,这种吞噬的善,
被这些眼疾手快的仙女们取来,这本质的黄金,
这命运的发现,被抛弃,再次被抛弃,
在如此苍白的空气中,被如此渺小的精灵。

二

我们不去证明诗的存在。
它有时见于、知于较小的诗中。
它是巨大而高远的和谐,一点儿一点儿
发声,然后猛地
换为一种独立的感觉。它是,
又不是,故而是。在说话的瞬间,
加速的宽度在移动,
俘获存是,变宽——就在那里了。

三

在这种囚禁中有什么牛奶,
什么小麦面包,燕麦蛋糕,善意,
绿色的客人和桌子在树林里,歌声
在心里,在瞬间的运动中,
越来越宽敞的空间里,隐蔽的雷声
不可避免的蓝,其实是一种幻觉,
哦,对于感官总是过于沉重
无法捕捉,最隐晦而遥远的……

四

一首诗证明另一首诗,以及整体,
对于那些有洞察力的人,他们不需要证明:
爱人,信徒,和诗人。
他们的言语选自他们的意愿,
语言的乐趣,它就是他们自己。
他们以此来庆祝核心的诗,
终极的圆满,盛大丰盈
最后的词语,最为恢宏,不断膨胀,

五

直到曾经的大地和天空,还有树

还有云,曾经的树,曾经的云,
失去了它们从前的用途,
它们:这些人,大地和天空,彼此报信
以尖锐的信息,尖锐,
自由的知识,一直隐藏到那时,
然后打破紧紧束缚他们的东西。仿佛
核心的诗成为世界,

六

而世界和核心的诗,彼此
作为伴侣,仿佛夏天是一位配偶,
每一个上午嫁给每一个漫长的下午,
夏天的伴侣:她的镜子,她的容颜,
她唯一的场所和人物,她的自我
在说话,谴责独立的自我,二者是同一个人。
本质的诗产生其他的诗。它的光
向上,并不分散。

七

核心的诗是整体的诗,
诗是整体构成的诗,
是蓝色的大海和绿色的构成,
由蓝色的光和绿色构成,就像较小的诗,

那些较小的诗奇迹般的错综,
不只成为一个整体,而是整体的
一首诗,本质的由部分合成,
拉紧最后一圈的圆

八

在高空翱翔的东西,
力量,原则,或者,它可能是
对原则的沉思,
或者一种固有的秩序活跃起来
成为它自己,所有当地人的天性
仁慈,休息,彻底休息,
磁铁的肌肉贴切地感受到,
一个巨人,在地平线上闪闪发光,

九

璀璨辉煌的饰物,奢华的
羽冠,熟悉的火焰,
不熟悉的冒险:呼啦啦
滋滋滋,孩子们喜爱的闪闪烁烁,
身着层层威严的盛装,
追随者在周围和身后走动,
眼里吹号的六翼天使的来源,

耳中愉悦爆发的来源。

十

它是一个巨人,一直在进化,
按照比例,除非美德切剪他,剪去
尺寸和高度,或以为这样做了,
就像壁炉架上的签名照。
但艺术大师从不离开他的形状,
仍在地平线上延长他的切口,
依然像天使一样,依然丰饶,
通过他形式的力量施加力量。

十一

那么这里是一个抽象概念,加上脑袋,
地平线上的一个巨人,加上双臂,
巨大的躯体,长长的腿,伸展开来,
一个带有插图的定义,标签
不那么精确,一群矮子中的
大个子,亲代相近,
在地平线的中心,同心圆,坟墓
和了不起的人,起源的赞助者。

十二

就是这样。爱人写,信者听,
诗人嘟囔,画家看见,
每个人,他命定的怪癖,
一部分,以太骨架的一部分,顽强的粒子
全部的文字,预言,知觉,色块,
虚无的巨人,每个人
和一直在变化的巨人,都活在变化中。

隐喻作为退化

如果有一个男人，像大理石一样白
坐在林中，在最绿的地方，
冥想死亡意象的声音，

那么就有另一个男人，在黑色的空间
坐在我们一无所知的虚无里，
冥想河水喧哗的声音；

所有这些意象，这些回响，
以及其他，确认存是
如何包含死亡和想象。

大理石男人留在空间里。
黑树林里的男人下来，没有改变。
可以肯定，那条河

不是斯瓦塔拉。黝黑的河水
环绕大地，穿越天空，
在宇宙空间蜿蜒，

它不是斯瓦塔拉。它是存是。

斑斓闪烁的河流,水面
吹出的光泽——或者那是空气?

那么,隐喻何以是退化,
当斯瓦塔拉变成这条起伏的河流
河流变成无地无水之海?

这里,黑色的紫罗兰向下蔓延到堤岸
回忆的苔藓把绿色搭在河面,
河水流淌不息。

阳光中的女人

只不过是这温暖与运动相仿,
一个女人的温暖与运动。

并不是空气中有什么形象,
也不是形式有所谓开始与终结:

空空如也。但身着无线金衣的女人
燃烧我们,用裙裾的拂动,

用生命解体的丰盈,
比她的存在更为明晰——

因为她已无体,
带着夏日田野的芬芳,

坦白沉默而漠然
无形而清晰,那唯一的爱。

没有特点的世界

白昼多么伟岸,魁梧——
他父亲也曾经那么魁梧,现在
躺在贫困的尘土中。

还有什么比月亮向黑夜的运动
更为沉寂?唯有他的母亲,
母亲归来,在他胸前痛哭。

树叶圆圆的红熟那么厚重
带着红色夏天的芳菲。
轻触之下,他曾经爱过的她变得那么冰凉。

即便能替世界辩解,又有什么好处?
说它完美,自身便是目的,
自在自足?

大地本身便是人类……
他是非人的儿子,
她是命运的母亲,但他并不知晓。

她是白昼,无声无息的芳菲中

月亮的运行，他有时
也是人，而差异消失，

尘土的贫困，在他胸前，
怨恨的女人，毫无意义之所，
化为单一的生命，确切而真实。

小小女孩

夏天的每一根线终于都被解开了。
一只毛毛虫吞噬了辽阔的非洲
直布罗陀就像风中的唾沫溶解了。

但在风之上,在它咆哮的传说之上,
屋顶的大象发出粗笨的吼声,
血淋淋的狮子在深夜的院子里,

随时准备从云团中跃出,潜入颤抖的林中
发出巨大的咬牙声,在水面翻滚
一片空旷的大海,张开喉咙大声呼喊,

强大的想象力战胜了这一切
像一只号角宣称,在这记忆的季节里,
当树叶像悲伤的往事一样落下,

在心里保持安静,哦,野母狗。哦,心灵
狂野,按他吩咐的去做:少女。
在窗棂上写下和平。然后

保持淡定。最高摘要开始了……

火焰，声音，镇定的愤怒……听他说，

无畏的主人，他开始讲述人类的故事。

银镜金女

假设它是万物的根源。
假设它真的是,或者它触到
世界女主人的形象。

例如:城堡。沙龙。太阳
步入镜中端详,找到自己;
或是:稻草笨人……八月的月亮,

挂在阁楼上的镜子前,家中古钟鸣响;
或是:小树林里,佳人
独自在黯淡的落叶中瑟瑟发抖。

天父,黑色死亡是镜子的碎裂。
一片片闪亮的碎片消失。
丢失的印章像尘土一样安然,消隐。

但是解体的形象还未碎裂。
它们有,或也许有,璀璨的王冠,
悦耳的珍珠,晶莹的钻石,

最美，最美的少女和母亲。
您活了多久，看了多久，
天父啊，企盼天后莅临？

纽黑文一个寻常的黄昏

一

眼睛的朴素版本是另一回事,
经验的通俗传本。关于这点
几个词,一个然而,然而,然而——

作为永无休止冥想的一部分,
问题——问题自己是个巨人——的一部分:
这座房子由什么构成,如果不是由太阳,

这些房子,这些困难的物体,颓败
什么表象的表象,
词,行,不是含义,不是交流,

毕竟,黑暗之物没有替身,
除非第二个巨人杀死第一个——
最近对现实的想象,

就像新的太阳相似之物,
倾泻而下,奔涌而上,不可避免,
为更多的观众而写的一首更大的诗,

仿佛朴拙的碎片合为一体,
一种神话形式,一个节庆领域,
巨大的胸怀,胡须和存是,因岁月而更鲜活。

二

假设这些房子是由我们自己构成,
从而它们成为一个难以捉摸的小镇,充满
难以捉摸的钟声,透明的声音,

在自我的透明的居所里鸣响,
难以捉摸的居所似乎在移动
在心灵色彩的移动中,

远处流淌的火焰,黯淡锥形钟
聚合在我们习惯的感觉中,
不在意时间或我们的所在,

在永恒的指向中,永恒
冥想的客体,持久
而憧憬的爱之点,

朦胧,在太阳或心灵的
色彩中,在最清晰的钟声里摇摆不定,

不确定的心灵的言语,

混乱的灯光和鸣响,
和我们如此相似,我们无法分辨
理念和承载理念的存是体。

三

视觉和欲望之点是同一个。
我们向午夜的主人公祈祷
在石头山上,让它成为宝山。

如果是痛苦激怒了我们的爱,
如果夜晚的黑色站在宝山上闪耀,
那么,最古老的圣人燃烧着最古老的真理,

这么说吧,仅次于神圣的是趋于神圣的意志,
仅次于爱的是对爱的渴望,
内心对天堂般安逸的渴望,

没有什么能挫败那最安全的,
不像爱拥有过去和现在
所要拥有的。而这无法

拥有。那是渴望,深深地嵌在眼睛里,

在所有确实的观看背后,在真实的场景中,
在街上,在房间里,在地毯或墙上,

总是在空虚中等待被填满,
在无法容纳其血液的否定中,
一件瓷器,尚在泥片中。

四

朴素之物的朴素是野蛮,
如:一个抗击过幻想之人
最终的朴素,经历过咆哮的牙齿

巨大的咬啮,在夜晚坠落,被过度睡眠的麻醉
闷熄。朴素之人在朴素的小镇
对他们所需的姑息并不明确。

他们只知道野蛮的镇静,喊叫
用一种野蛮的声音;他们在喊叫声中听到
他们自己被颠倒,被缄默,被安慰

在一种野蛮、微妙和简单的和谐中,
受惊的协调的匹配和交配,
给对面占卜者的回应。

那么淫荡的春天来自于冬天的贞洁。
那么，夏天过后，在秋天的空气里，
出现了被遗忘鬼魂的冰凉卷本，

但令人宽慰的是，伴着悦耳的乐器，
这个冰凉的关于冰的童话，
仿佛被浪漫化的炽热光芒。

五

梦境，不可避免的浪漫，
不可避免的选择，醒悟是最后的幻觉，
现实是心灵所见之物。

并非其所是，而是所理解的，
镜子，房间里的倒影之湖，
玻璃般的海洋躺在门口，

一座伟大的城镇悬在阴影里，
一个辽阔的国家在一种风格中欢欣，
一切如同实在般不实在，

在不精致的眼睛里。那么，为什么要问
谁分裂了世界，哪个进行者？
没有谁。自我，是所有人的蛹

在蓝天的闲暇中被分裂
更分化,在白昼过后的分枝中。一部分
在普通的泥土中顽强地坚守。

另一部分,从大地中心到天空中心
在月光照亮它们的延伸中,在心灵里
寻找它所能找到的威严。

六

现实是开始,而不是结束,
赤裸的阿尔法,而不是圣仪师欧米伽,
密集的册封,鲜亮的诸侯。

这是婴儿 A 用婴儿腿站立,
不是扭曲弯腰博学的 Z,
他总是跪在空间的边缘

在对它距离的苍白感知中,
阿尔法害怕人,或是怕欧米伽的人
或是怕他对人的延伸。

场景中,这些角色就在我们周围。
对一个人来说已足够;对另一个人来说并不足够;

对于二者皆非深刻的缺席,

既然二者都选择了自我
作为这辉煌景象的守护者,
生命的完美诠释者。

而区别就在于此:结局,以及通往
结局的方式。阿尔法继续开始。
欧米伽在每一次结局都焕然一新。

七

有了这样的教堂和这样的学校,
贫穷的建筑师们似乎
更富有,更多产,更活跃,更生动。

物体叮当作响,观者随着物体
移动。但观者也会随着次要的东西
移动,那些从僵硬的实在论者

外在化的东西。就好像
人们转化为物体,如同喜剧,
站着,穿着滑稽的象征,展示

关于他们自己的真相,作为物

丧失了作为人曾经具有的隐藏能力，
不仅在深度上，而且在高度上

也一样，不仅老生常谈如此，
而且，他们的奇迹亦如此，
对于新世界新早晨的憧憬，

报晓的公鸡隐约显现锯齿状鸡冠，
那难以置信的，又一次
变成可信的白昼，轮廓朦胧。

八

我们把自己投入到这种形式中，不断地渴望。
我们走下到街上，吸入健康的空气
到我们坟墓般的空洞中。真实的爱

出自五六角叶子的三四角香水
很柔和，且是绿的，给爱人的
信号，又是蓝的，如同秘密的场所

在宇宙无名的颜色中。
我们的呼吸就像一种绝望的元素
我们必须冷静，母语的起源

有能力的人，用母语和她说话，
在外来性中，承认、表白、
激情的呐喊的音节，

这呐喊本身包含着它的反面，
其中外表和情感彼此交融，
就如快速的答案修饰了问题，

在其谈话中离体的两个躯体
之间的交谈中并未全然说出，
对任何言辞来说都太脆弱，太直接。

九

我们不停地回来，回来
回到实在：回到酒店，而不是回到
从风中纷纷飘落到它上面的赞美诗。

我们寻找纯粹实在的诗，未经转喻
或偏差触及，直接到词语，
直接到让人动弹不得的客体，到客体

就是其自身的最精确的点，
它纯粹是其所是，让人动弹不得，
比如纽黑文一览，通过确定的眼睛，

清除了不确定性的眼睛，就是简单地
看，不加思考。实在之外
我们别无所求。在它之内

万物，包括心灵的炼化物
包括迂回与直行的
精神，不只可见的，

固态的，而是可动的，瞬间，
节日的来临，以及圣徒的习惯，
天堂的图案，以及夜晚高远的空气。

十

月球致命，那里空空如也。
且来这里。每一个
美丽的谜之谜一样的美

沉积于一整个双面事物中。
我们不知道什么实在，什么不实在。
我们说到月亮，它被

心灵固化，因而死掉的青铜人缠绕。
我们不是青铜人，我们没死。

他的心灵被囚禁于恒定的变化中。

但我们的精神没被囚禁。
它在于无常构成的恒常,
在于仿佛月光下的忠实中,

所以清晨和黄昏就像信守的诺言,
所以太阳的莅临,
黄昏的盛宴和接下来的节日,

实在的忠诚,这种模式,
这种倾向,可敬的坚守
让表层里的幻觉变得快乐。

十一

在实体小镇的形而上街道上
我们记得犹大的狮子,我们保存
这个短语……说心灵的每一只狮子

它是一只光滑透明的猫
只以夜光发光
这只大猫必须在阳光里坚强站立。

语句变弱。事实获得了

语句的力量。它设计了雷同的联想
犹大变成了纽黑文,或者必须变成。

在形而上街道上,最深邃的形式
全都跟随在此微妙行走的步行者,
他用觉醒的气息摧毁了这些,

脱离了他们的威严,但仍需要
威严,不可战胜的要点,
心灵中最少量的创造,

最真挚的人们的真挚,
四季和十二个月的提议。
大地中央的光辉。

十二

这首诗是其时机的呼喊,
是事物自身的一部分,并非关于它,
诗人说诗,如其所是,

并非如其所曾是:一个如其所是的风夜
一部分的回响,当大理石雕像
如同被风吹动的报纸。他凭所见

及所洞见说话，如其所是。
他没有明天。风将会吹过，
雕像将重新成为相关的事物。

移动和静止闪烁着，
在当下和过去之间，是叶子
叶子在秋天闪亮的树上闪亮

叶子在水沟里旋转，旋转
绕着圈转开，类似思想的存在，
类似不同思想的不同存在，仿佛

最后，在整个心理学中，自我，
小镇，天气，随手丢弃的垃圾，
一起，说世界的词语就是世界的生命。

十三

少男孤单地走着，
他跳过新闻题材，寻找
神圣附庸，在弱小的社区里

享有坚强的心灵，而且
是一个缺乏严肃的严肃人，
在其独特方面并不活跃。

他既不是祭司,亦非黄昏时分的督学
在鸟群之下,在危险的猫头鹰之间,
在回归的原始派作品的大写的 X 中。

这是他所定义的新鲜的精神,
漫长而过于持久的温暖中的寒意,
房子侧墙上的东西,不在云的深处,

我们所断言的困难:
对于那些透明不可见的民族
可见的困难,

实际的风景有实际的号角,
面包师和屠夫吹响。仿佛在听
竭力聆听,得到了本质的浑然。

十四

干燥的桉树在雨云中寻找上帝。
纽黑文的尤加利普图斯教授在纽黑文
寻找他,用一只眼睛,不看

客体之外。他坐在房间里,靠窗,
紧挨着摇摇欲坠的排水管,雨水

从中排下，发出摇摇欲坠的声音。

他在客体自身寻找上帝，没有太多选择。
那是对宽敞的形容词的选择
用于他所见的，最终的结果是：

使其神圣的描述，静止的言语
当它触及回声点时——并不是严酷的实在
而是严酷地所见的实在

用新的天堂新语
无论如何都不残酷，人类的残酷
是眼睛冷漠的一部分

对其所见冷漠。出水口内
雨水的叮咚并不是替代品。
它关乎尚未切实感受到的本质。

十五

他保护自己不受讨厌的雨的侵袭，
出于对无雨之地的本能，他自我的
自我，展翅俯冲时到来。

对天堂的直觉有它的对应：

对大地的直觉，对纽黑文，对他的房间，
仿佛单一世界的快乐转世

他身在其中，与如是为一。
其对应是一种对位
让排水管里的旋流厌烦。

雨一直在树上喧闹地下着
落到地上。冬天的黑暗悬挂在
白桃花心木上，裸露的岩石的阴影，

变成秋天的岩石，闪耀，
每一不可估量体的可估量来源，
我们用梦的手指提起的重量，

我们用轻快的意志减轻的沉重，
用欲望的手，微弱，敏感，温柔的
触摸，实际的手触摸到的麻烦。

十六

在时间的影像中，并没有
当下，面具庄严
在荒芜的荒芜之上。

最老-最新的一天就是最新的一天。
最老-最新的夜晚不会嘎吱嘎吱地过去,
举着灯笼,仿佛天际的古物。

它无声地将青春的睡眠从大海唤醒——
俄克拉何马人——意大利蔚蓝
以阳刚之气越过地平线,

他们闭上眼睛,在嘴唇青春的絮语中。
然而风却依旧在西天夜色中
呜咽诉说暮年。面具庄严,

在这种完美中,偶尔会说话
被人听到些有关死亡的贫困的话。
这应该是悲剧最动人的面孔。

这是电灯光里的一根树枝。
屋檐下的呼气如此微弱
表明片叶皆无。

十七

颜色几乎是喜剧的颜色,
但不尽然。它到达那个点,在那个点上
失败了。中心的力量严肃。

也许不是失败,而是拒绝
作为强大的力量拒绝针的懒惰。
技巧试验之下一片空白,

主导的空白,不可接近。
这是高度严肃之镜:
蓝色碧绿成锦缎的崇高象征,

线的金色穿引波动
悬垂的带子,杂石的闪光,
仿佛神圣的光线来自神圣的灌木丛

或是废物被浪费的具象
夜晚,时间和想象,
被保留,被注视,披着光芒的长袍。

这些断断续续的说法也属于悲剧:
严肃反思的构成
既非喜剧,也非悲剧,而是寻常。

十八

窗户让事情变得困难
很难和过去说再见,活在

事物当下的状态，比方说绘画

要在绘画当下的状态，
而不是三十年前的状态。望出窗外
走在街上，看见

仿佛眼睛就是当下，或当下的一部分，
仿佛耳朵听到惊心动魄的声音，
仿佛生与死只是肉体的。

这个木匠的生与死有赖于
罐头里的桃红——以及
永远不会实现的花瓣的虹彩，

他通过真理意识到的事物，并不真实，
或者他以为意识到了，如同他所意识到的当下，
或者他以为意识到了，一个木匠的虹彩，

木制的，占星学徒的模型，
一座城市啪地被合上，像一个工具箱，
钟表们谈论着它古怪的外表。

十九

月亮在心中升起，那里的每样东西

在夜间得到它的辐射状貌，
屈从于它单一的意志。

公共的绿色变成了私人的灰色。
在另一个时间，辐射状貌
来自另一个源头。但总有一个：

一个世纪，其中一切都是那个世纪
和它状貌的一部分，一个人物，
他是他那个时代的轴心，

一个意象，孕育了婴儿，
想象的极点，它的智慧
以其文明语流淌过混沌。

这个地方的辐射状貌是什么，
目前这个诸多殖民地的殖民地的
殖民地，事物变化的感觉的

感觉？一个像传道士的人物，
披着毯子，光芒四射，在黑暗中歌唱
一段作为答案的文字，尽管模糊。

二十

这些充满想象力的抄本就像云朵,
今天;记录感觉的抄本,无法
分辨,小镇是一个残余,

一种中性,在一种绝对中脱落形状。
而它还是蓝色时的抄本保留下来;
它在感情中获得了形状,它所成为的

那些人,那些无名的、转瞬即逝的角色——
那些演员依然行走在暮色里,念叨着台词。
也许云朵和人在空中混在一起

或者在街上,或者在一个人的角落里,
他坐在屋子角落思考。
在这房间里,纯净的天体逃脱了不洁,

因为思考者自己逃脱了。然而
避开云朵和人群,让他成为
一个赤裸的人,具有赤裸的意志

以及要创造的一切。他甚至可能会逃避
自己的意志,赤裸裸地
进入那个天体的催眠状态。

二十一

但他也许不会。他也许不会逃避他的意志,
或其他人的意志;而且他无法逃避
必要的意志,意志的意志——

出自黑色牧羊人之岛的罗曼司,
就像海水持续不断的声音
在牧羊人和他黑色形式的聆听中;

出自小岛,但不是任意一座小岛。
靠近感官的地方有另一个小岛
那里感官给予,从不索取,

基西拉岛[1]对面,一种孤独
在中心,意志的目标,这个地方,
周围的事物——另外的罗曼司

出自表面,窗户,墙壁,
砖块在时间的贫困中变得脆弱,
明确的事物。天际模式最为重要,

雨水扫过的枝丫间:

---

1 基西拉岛(Cythère 或 Kythira),希腊爱琴海中的小岛,传说维纳斯从海中出生后,由此岛上岸。

两段罗曼司,遥远的和附近的,
在风的呜呜中,是同一个声音。

二十二

尤加利普图斯教授说:"对实在的
探索,与对上帝的探索
同样重要。"这是哲学家的探索

内部变成了外部
而诗人所探索的同一个外部
变成了内部:屏住呼吸的事物沉思着呼吸

吸入初始的冷
和初始的早。然而,冷和早的
感觉,是日常的感觉,

不是明亮起源的谓语。
创造不是由孤独流浪者的
形象更新的。再创造,使用

冷和早和明亮的起源
意味着探索。黄昏之星也是如此,
最古老天空中最古老的光,

那完全是一种内在的光,从实在
沉睡的怀抱中闪耀,重新创造,
为其可能性探索一种可能。

二十三

太阳是世界的一半,万物的一半,
无体的一半。总有这无体的一半,
这光明,这升腾,这未来

或者,比如说,过去晚逝的颜色,
苍老的绿色,身着黑色薄毛呢的妇人。
如此说来,纽黑文是半个太阳,残留于

黄昏,入夜后,是另一半,
被空间照亮,很大,在那些沉睡者上空
夜晚单一的未来,单一的睡眠,

一种长而不可避免的声音,
一种哄骗劝诱的声音,
以及躺在母性声音里的美好,

不为白天的分离而烦恼,数个自我,
作为每一事物的一部分,成为一个整体。
在这种同一性中,分离

仍在继续发生。不确定的是
欲望延长了冒险,创造
告别的形式,在绿色蕨类中鬼鬼祟祟。

二十四

空间的慰藉是无名的东西。
那是在冬天的神经症之后。那是
夏天的天才,他们炸飞了

蓬勃的云朵中的朱庇特的雕像。
花了一整天,天空才平静下来
然后再次填补它的空虚,

所以在下午的边缘,尚未结束之际,
傍晚的想法出现之前
或者,开始的声音已被定调,

有一片空地,为最初的钟声做好了准备,
为倾诉而开口,手已举起:
有一种意愿尚未形成,

知道已有人提出了明确的建议,
要是没有雕像,将会是新的,

逃避重复,发生在

空间和自我之中,同时触动了二者
相仿地,天空或是大地的一点
或是处于地平线坡下的一座小镇。

二十五

生活锁定在玻璃楼梯上徘徊的他,
以专注的眼神。当他站在
阳台上,感知距离以外,

有些眼神凭空把他抓住了。
总是生活在看着我……它
一直在关注他有没有不忠的想法。

它坐在他床边,弹着吉他
为了不让他忘记,虽然一言不发,
一两个音符却泄露了它是谁。

他的一切都变了,
除了这个乡绅,他的眼睛和声调,
还有搭在单肩上的披肩,还有帽子。

平凡的变成了纹章的起皱。

实在的化作最不实在的，
光秃秃的乞丐树，因果实的红色而低垂

在孤独的时刻——孤独
是假的。乡绅是永恒的，抽象的，
一种凝视而要求回应的眼神的孵化。

二十六

紫色斑点掉下来多么容易
落在路上，紫和蓝，红和金，
怒放，绚烂，饱满的色彩。

远离它们，午后的海湾沿岸的海角
在青金石般的光芒中抖落其藏青色。
大海在超凡的变幻中颤抖，如雨

升起，红火，闪耀，吹拂，扫荡
天空中绿色湿气的水意。
群山比它们的云朵

更为雄辩。这些轮廓是大地，
被认作情人，爱的名声
远扬，再远扬，出自一颗满是功名的心……

但在这里，情人，没有距离
因而迷失，赤身裸体，或衣衫褴褛，
在亲密的贫穷中萎缩，

触摸，像一只手触摸另一只手，
或者像一种声音，不带形式说话，
耳鬓厮磨，低语着仁慈的安息。

二十七

一位学者，在他的章节里，留了个注，
写着："实在的统治者，
如果比纽黑文更不实在，那就不是

真正的统治者，而是统治着虚幻！"
此外，他的草稿上还写着：
"他是事实女王的配偶。

日出是他衣服的下摆，日落是她的。
他是生命而非死亡的理论家，
其整本书的全部精华。"

还有，"语句的咝音是他的
或部分是他的。他的声音清晰可辨，
就像音乐中的前意一样。"还有，

"这个人通过做自己而摒弃了
并非我们自身的东西:徽章,
属性,羽毛和头盔。"

还有,"他已经想清楚了,他想清楚了,
就像他一直以来,和事实女王
在一起,在海边悠闲地躺着。"

二十八

如果这是真的,那么实在就存在于
脑海中:锡板,上面的面包,
长刃刀,小酒,还有她的

悲悯,由此可见
实在的和虚幻的合二为一:纽黑文
在人们到达之前和之后,或者说

明信片上的贝加莫,天黑后的罗马,
描述中的瑞典,画着眼影的萨尔茨堡
或者在咖啡馆里交谈的巴黎。

这首无尽地蔓衍的诗
将诗的理论展示为

诗的生命。一位更严厉的

更恼人的大师会更微妙地
即兴发挥,更急切地证明
诗的理论就是生命的理论,

如其所是,在如此错综的逃避中,
在所见和未见的事物中,从虚无中创造出来,
天堂,地狱,世界,渴望的大地。

二十九

在柠檬树之乡,黄色和黄色
是黄蓝,黄绿,柑橘的汁液味道浓郁,
悠来荡去,反舌鸟的叽叽咕咕。

在榆树之乡,漂泊的水手们
看着那些高大的女人,她们的样子红润成熟
给秋天戴上一圈一圈又一圈的花环。

在那里,在香橼之乡,她们发着颤舌音,
在高大水手们的土地上,他们所说的词语
不过是褐色的土块,谈话的撩人野草。

当水手们来到柠檬树之乡,

终于，在染成深古铜色的金发气氛中，
他们说："我们又一次回到了榆树之乡。

但被折过去，转过来。"这是一样的，
除了形容词，词语的
更替，是大自然的一种改变，

比云朵带给小镇的变化还多。
乡下人变了，每一件恒常的事物都变了，
他们深色的词语已重新描述了香橼。

三十

最后一片要落的叶子，已经落了。
知更鸟在那儿，松鼠在树洞里，
在松鼠的知识里挤在一起。

风吹散了夏日的寂静。
它在地平线外或地下嗡嗡作响：
在池塘的泥里，那里曾映着天空的倒影。

出现的荒凉是一种暴露。
那不是缺席的一部分，而是一个停顿
为了告别，为了追忆而哀伤流连。

那是一种来临，一种出现。
曾是扇子和馨香的松树涌现，
坚立狂风中，与岩石搏斗。

空气的玻璃变成一种元素——
那是想象的东西，被冲走了。
清澈回归。它伫立着，已被修复。

那不是空洞的清澈，不是无底的景象。
那是思想的可见性，其中
几百只眼睛在一个心灵里同时看见。

三十一

那些不太容易辨认的声音，那些不太经常
被意识到的小红点，更轻松的字眼
在沉重的演讲的鼓声中，内在的人

躲在外部的盾牌后面，乐谱
在雷鸣声中，窗边熄灭的蜡烛
当白昼来临，大海的运动中的火沫，

从挑剔到精细挑剔的闪动
以及弥漫的不安，从君士坦丁半身像
到已故总统布兰克先生的照片，

这些是最终形式的修整和微调，
话语的路数
群集的活动，直接或间接地讲述，

犹如黄昏唤起紫罗兰的光谱，
一位哲学家在钢琴上练习音阶，
一个女人写了张纸条，又撕了。

现实之所以是固态并不在
前提中。它可能是一片阴影，穿透
一粒尘埃，一种穿透一片阴影的力量。

岩石

一位睡着的老人

两个世界睡着了,现在正睡着,
一种喑哑的感觉严肃地占有它们。

自我和大地——你的思想,你的情感,
你的信仰和怀疑,你整个独特的情节;

你淡红的栗子树的红色,
河的运动,沉沉欲睡的河之河的运动。

爱尔兰的莫赫悬崖

谁是我的父亲,在这个世界,这所房子,
在灵魂的根基?

我父亲的父亲,他父亲的父亲,他的——
影子如风

回到父亲,在思想之前,言语之前,
在过去的起始。

他们回到莫赫升出迷雾的悬崖,
在真实之上,

升出现在的时间和地点,
在湿漉漉的青草之上。

这不是风景,弥漫着
诗和海的

梦游。这是我的父亲,或许
是他从前的样子,

一种相似,父亲种族的一员:陆地
大海和空气。

关于事物素朴的感觉

树叶飘落,我们回到
关于事物单调的感觉。仿佛
我们走到了想象的尽头,
在迟钝的学问中无精打采。

甚至很难选择形容词
来描绘空白的寒冷,无缘的忧郁。
巨大的建筑已变为较小的房子。
没有裹头巾的人走过磨薄的地板。

绿房子从未如此急需油漆。
五十年的烟囱歪向一边。
异想天开的努力已失败,
人们和苍蝇的重复中的重复。

而缺乏想象本身
需要被想象。巨大的池塘
素朴的感觉,没有倒影,树叶,
泥泞、脏玻璃般的水,表现一种

寂静,出来观望的老鼠的寂静,

巨大的池塘,睡莲的残枝,这一切
必须想象,成为不可避免的认知,
作为一种必然性需要而被需要。

绿色植物

沉默是一种逝去的形状。
奥图布雷[1]的狮子玫瑰已经变成了纸
树的影子
像残破的雨伞。

夏天倦怠的词汇
不再诉说。
红色底部的棕色
黄色很靠下的橙色,

伪证来自太阳吗?
在镜中,没有热量,
在恒定的次要地位中,
向下,转向终点——

除了一株绿色植物炫目,当你
关注栗色和橄榄林的传说之时,
炫目,在传说之外,野蛮的绿色
是残酷的现实,而绿植是其中的一员。

---

[1] 奥图布雷(Otu-bre)听起来像是混合西班牙语 octubre 和意大利语 ottobre,故而指十月,史蒂文斯另外一首诗中有 Oto-otu-bre 一词。

拉弗勒里夫人 [1]

把他压下去,哦,侧星,用结局最大的重量。
把他封在那里。他照了照大地的镜子,想到他生活
 在那里。
现在,他把所看到的一切带到地上,带给等待的父母。
他清脆的知识被她吞噬了,在一滴露珠下。

压他,一压再压他,用月亮的睡意。
那是面镜子,只因为他往里面看过。没什么
 可以告诉他的。
这是他说的语言,因为他必须说,但不知道。
这是他在心碎手册中找到的一页。

黑色的赋风曲正在撩拨黑色之黑……
粗壮的琴弦使末端喉音结巴。
他不会躺在那里回忆蓝松鸦。
他的悲伤在于他母亲要以他为食,他自己和他所见,
在那遥远的房间里,蓄着胡须的女王,笼罩在邪恶的
 死亡之光中。

---

1 拉弗勒里夫人(Madame La Fleurie)是法语名,指自然母亲(Mother Earth),其中"拉"是冠词,"弗勒里"意为花开。

致罗马的一位老哲学家

在天堂的门槛,街上的行人
变成天堂的行人,人们庄严地走动着
随着空间距离的拉长,越来越小,
他们的歌声越来越弱,
晦涩的忏悔和终结——

门槛,罗马,彼方更仁慈的罗马,
在心灵的创造中二者相似。
仿佛在人类的尊严里
相似的二者变为一体,
这种透视中,人们时近时远。

飘舞的旗帜轻灵地变为翅膀……
感知的地平线上阴暗的事物
成为灵魂命运的
伴奏,在视线之外,
但又不太遥远。

人类在灵魂最遥远的极点,
已知的终极在未知的终极。
报童的低语变成另一种

呢喃；药味，
一种不会腐败的香味……

床，书籍，椅子，走动的修女，
侵入眼帘的烛光，这些
是罗马形式中幸福的源泉，
古代形式循环中的形式，
而它们在形式的影子下面，

在杂乱的床铺和书籍中，椅子上的
预兆，修女们身上移动的透明，
烛光摇曳，撕扯烛芯，
加入盘旋的杰作，逃避火焰，

火是象征：天际的可能。
对枕头说话，仿佛
它就是你自己。成为演说者，
有精确的口舌，又不带雄辩。
昏昏沉沉，可怜它是这房子的纪念物，

所以我们在明亮的大中，
感觉到真实的小，所以我们每一个人
在你身上看见他，在你的声音中
听到他的，大师和可怜之人
专注于你语句的虚词，

你在清醒的深处打盹,
在温暖的床上,在椅子边缘,
活在两个世界里,不因成为一体
忏悔,又忏悔于成为一体,
对你在如此多的痛苦中

所需的宏大没有耐心;只能在痛苦中,
在废墟的灵感中,在关于穷人和死者的
深刻的诗作中找到宏大,
仿佛在最稠密的最后一滴血中,
血从心灵滴落,留在那里给人看。

那也许是一个帝国为天堂的公民
流的血,虽然公民仍属于罗马:
那是追寻我们的贫乏的言语。
比罗马最古老的言语还要古老。
是罗马悲剧的重音。

而你——是你在说着崇高事物中
最崇高的音节,但不用言语,
是野蛮的船长中那个刀枪不入的人。
是鸟儿做巢的拱门,
雨水侵蚀的穹顶赤裸的威严。

声音流入。有人回忆那些建筑。
城市的生命从未消逝，你从未
希望它消逝。它是你房间里生命的构成。
它的穹窿是你的床的建筑。
在唱诗班和合唱队中

钟声重复着庄严的名字，
不愿让那仁慈成为寂静的神秘，
不愿让孤寂的感觉赐给你的
比它们独特的和弦更多。
琴弦颤动着，粘在静静的低语上。

这是终极的纯粹的庄严，
可见的事物都扩大了，
但也不过是床，椅子，走动的修女，
巨大的剧场，有柱的门廊，
你的琥珀色房间里的书和蜡烛，

纯粹大厦的纯粹庄严，
由一位检查官为自己选定。
他在这个门槛上停步，
似乎他所有言词的设计
从思想获得形式和框架，终于得以实现。

公园里的空地

三月……有人走过雪地,
寻找着,却不知道在寻找什么。

仿佛是暗夜里的一只船
从岸边划开,消失。

仿佛是一个女人
遗忘在桌上的一把吉他。

仿佛是一个男人
回来观望一座房子的感觉。

四面的风吹过乡村的凉亭,
在藤蔓编织的垫子下面。

取代了一座山的一首诗

它在那里，词靠着词，
那首取代了一座山的诗。

他呼吸着诗的氧气，
即使诗集埋在桌上的灰尘里。

那首诗让他想起，他曾多么需要
一个他按自己的方向所去的地方，

他怎样重新排列松林，
挪动岩石，在云中开路，

从而构成恰当的风景，那里
他将在无法解释的完成中完成自己。

在精确的岩石上，他的不精确
将最终发现它们构成边缘的风景，

那里，他可以躺着眺望大海，
辨认他唯一的孤独的家园。

世界就是你所了解的那样的两种说明

一 对风的不断研究

冬季的天空看上去那么小，
肮脏的光照着没有生命的世界，
萎缩得像一根枯枝。

那不是云和寒冷的影子，
而是关于太阳距离的感觉——
他自己感觉的影子，

认识到白昼实际上
是这么短。只有风
似乎很大很响很高很结实。

他在风的思想中
思想，并不知道那思想
不是他的思想，也不是任何人的，

他恰如其分的形象，就这样形成，
变为他自己，他在另一种天性的呼吸中
呼吸，把那当成他自己的，

但只有这瞬间的呼吸，
在那肮脏的光之外，
永远不会成为动物。

天性依然没有形体，
或许，只在星期天极端的闲散中
有他自己的形体。

二　夏天的世界要大些

他留下半个肩膀和半个脑袋
在以后的日子里辨认自己。

大理石躺在草丛里经受风雨，
夏天过去了，夏天和太阳的

变幻，夏天和太阳的
生命，都已消逝。

他说万物都具有
改变自己或别的东西的力量，

而被改变的意义更深远。
他在一棵云杉里

发现月亮的颜色,突然,
立在空中的树令人晕眩,

太阳的蓝光在他身上爆炸,
成块的蓝,膨胀的蓝,

像白昼,摇响时间的美丽铃铛,
性感的夏天挺身站立。

云杉的主人,他自己
被改变。但他的主宰

只在草丛中留下一些碎片,
他设想的碎片,最终被放大。

可能的事情的序言

一

宁静的心灵,有如独自留在海上的船中,
载着小船前行的浪花,有如划船者黑亮的背脊,
他们紧紧地握着桨。仿佛确信他们要去的地方,
在木柄上弯下身去又挺直身体,
湿漉漉地在整齐的动作中闪闪发亮。

船是石头造的,但失去分量的石头不再沉重,
只留下熠熠光彩,独具一格,
所以他站在船上俯身展望,
不像一个从熟悉之域出航、驶向远方的人。
他属于小船远行的告别,是告别的一部分,
是船头火镜的一部分,象征的一部分,或别的什么,
是小船滑过的如镜海水的一部分,
他孤独地航行,仿佛受到毫无意义的音节的诱惑。
他非常肯定地感觉到了那个音节
有一种渴望进入的意义,当他进入时
那意义将击碎小船,让划船者安静下来,
在航行的中心,某个瞬间,或长或短,
远离任何岸,任何男人或女人,什么也不需要。

二

比喻使他恐惧。他无法辨认
用来比喻他的物体。由此他知道他的相似
只延伸了一点儿，没有超越，除非在相似之外
他自己和事物之间，存在着要辨认的此与彼，
在假设范围内的此与彼，
人们在夏日沉沉欲睡时思考它们。

例如，他保持着尚未丢失的自我，
纠缠在他体内要求发现，而他的注意力却分散开，
仿佛他所有遗传的灯突然变亮，由于
色彩的加入，没有注意的轻颤的加入，
最小的那盏灯，灯焰更加明亮，他赋予那灯
一个名称，以及超出普通事物的特权——

灯焰加入真实的事物和词汇，
正如最初进入北部树林的东西
把南方全部的词汇加入进去，
正如春天黄昏的空中最初的孤光，
通过自身的加入，从虚无中创造出崭新的宇宙，
正如一瞥或一触，揭示了出乎意料的真谛。

越过田野,望着鸟儿飞翔

洪堡先生回乡游览
位于事物边缘的康科德时,
尤为恼人的小想法中包括:

把草地、树木、云朵想开,
别把它们变成别的东西,
不过是太阳每天做的事情,

直到我们对自己说,可能存在
愁眉苦脸的大自然,机械呆板
还有点儿令人讨厌的操纵装置,

摆脱了人类的幽灵,更大,又有点儿相像,
没有他的文学,没有他的神灵……
毫无疑问,我们在自身之外、在空气中活着,

在一个不适合我们的元素里,
好吧,适合我们自己的,太大了,
不是为了意象或信仰而设计的,

这不是我们过去常说的男性神话,

一种透明，燕子在其中穿梭，
没有任何形式，没有任何形式感，

我们所见即所知，我们所闻即所感，
我们是什么，超越神秘的争论，
在天外一体化的喧嚣中，

我们所想的，像风一样的呼吸，
运动的移动部分，发现的
部分发现，改变的部分改变，

分享颜色，并成为其中的一部分。
下午显然是一个来源，
太宽广，太虹彩，不仅仅是平静，

太像思考，而不是想法，
最不起眼的父母，最不起眼的家长
每日庄严的冥想，

无声无息地来来去去。
我们思考，就像太阳照耀，或不照耀。
我们思考，就像风从田野里的池塘跑过

或者我们掩饰自己的言辞，因为
同样的风，吹啊吹，发出的声响

就像冬天结束时最后的寂静。

一个新学者取代了老学者,反映出
这段幻想曲的瞬间。他寻找
一个可以被解释的人类。

精神来自世界的身体,
至少洪堡先生这么想:世界的身体
其生硬的法律假装拥有心灵,

大自然的习性捕获在玻璃杯里
从而变成了精神的习性,
杯子里装满了东西,能走多远就走多远。

世界作为冥想

> 我花了太多时间练习小提琴,或者去旅行。但我从未中断过作曲家主要的练习——冥想……我沉浸在一个永恒的梦里,那梦昼夜不停。
>
> 乔治·埃奈斯库[1]

从东方而来的是尤利西斯吗,
那个永恒的漫游者?树林修整过了。
冬天已被冲走。有人在地平线上

走动,把自己提升到地平线之上。
火焰的形象接近珀涅罗珀[2]的提花布,
她野蛮的存在惊醒了她所居住的世界。

她构成了一个自我来欢迎他,
作为他的自我的伴侣。她想象着他的出现,
两个人在牢固的庇护所中,两个亲密的朋友。

---

[1] 乔治·埃奈斯库(Georges Enesco,1881—1955),罗马尼亚小提琴家及作曲家。
[2] 珀涅罗珀(Penelope),古希腊史诗《奥德赛》中英雄奥德修斯(古罗马神话中称尤利西斯)的妻子,在丈夫远征特洛伊失踪后,拒绝一众求婚者,等待丈夫二十年,忠贞不渝。

树林修整过了，作为基本的练习，
在非人的冥想中，大于她自己的冥想。
夜里没有风像狗一样守护她。

只要他独自来临，便能满足她所有的渴望。
她不渴望首饰。他的手臂将是她的项链
和束带，他们欲望的最后财富。

但那是尤利西斯吗？或者不过是温暖的阳光
照在她枕上？这想法在她体内悸动，
和她的心一起悸动。那不过是白昼。

那是尤利西斯，那不是尤利西斯。他们确曾相遇，
两个亲密的朋友，一颗行星的鼓励。
她体内野蛮的力量永远不会失败。

梳头时，她会对自己低语，
以耐心的音节重复着他的名字，
永远不忘他常常如此靠近。

冗长迟钝的诗行

活过了七十岁,就没什么差别了,
他所看的地方,以前都去过。

烟雾飘出树林,裹进高空的风中
散开。从前也经常是这样。

树林的表情仿佛忍受着悲哀的名字,
不停地说着同一件事情,

吵吵嚷嚷,因为一种对立和矛盾
让它们愤怒,让它们想要争辩。

哪种对立?是否是屋子侧面的
那块黄色,让人觉得房子在笑?

或是这些已生成而未完成的前角色:第一次飞行,
滑稽的郡主置身于悲剧的帷幕之中,

连翘的稚气,信仰的片断,
赤裸的木兰花的幽灵和元素?

……漫游者,这是二月的前历史。
心灵之诗的生命尚未开始。

树林还是水晶时,你尚未诞生,
现在你也没诞生,在睡眠里的觉醒中。

宁静正常的生活

他坐在那儿思想,他的位置
不在他脆弱的建筑里,
暗淡的光投下阴影,一片虚无,

举个例子,他居住在这里,
就像冰雪,服从于
有关寒冷的堂皇的概念。

就是这里,这样的场景和时光。
在他家里,他房间里,
在他椅子里,最宁静的思想达到顶点,

有关夜晚的堂皇的概念
切开最古老最温暖的心灵——
在蟋蟀的弦上,在孤寂的深夜,

每一根弦都以独特的声音呢喃着。
超验的形式中没有愤怒,
只有真实的蜡烛诡谲地照着。

岩石

一 七十年后

那是一种假象,认为我们曾经活过,
活在母亲们的房子里,在自由的空气中
根据我们自己的意愿来安排。

想想七十年前的自由,
已不再是空气。房子仍在,
在僵硬的空虚中僵硬地立着。

甚至我们的影子,她们的影子,都不存留。
活在心灵中的生命都已消亡。
它们从未存在……吉他的声音

过去和现在都不存在。荒谬。说过的话语
过去和现在都不存在。让人难以置信。
中午,田边的会面仿佛是

虚构的,一颗绝望的土块儿
在梦幻般的意识中拥抱了另一颗。
在古怪的人性断言中:

两人之间提出的理论——
两人在太阳的天性里，
在太阳自己设计的幸福里，

仿佛虚无包含一种技艺，
一种生动的假设，一种无常。
在恒久的寒冷中，渴望已久的假象：

绿叶出现，覆盖高耸的岩石，
丁香出现，盛开，仿佛治愈的瞎眼，
为明亮的景色欢呼，在视觉的诞生中

感到满足。绽放和麝香
那时鲜活，一种不断的鲜活，
存是的特例，那莽苍的宇宙。

二　诗作为拟像

用叶子覆盖岩石还不够。
我们必须被大地或我们自己
所疗愈，我们的疗愈

一如大地的疗愈，遗忘之外的疗愈。
然而，如果叶子绽开为花蕾，

如果它们盛开，如果它们结出果实，

如果我们吞食新鲜弃物初始的
着色，叶子或许会成为大地的疗愈。
叶子的虚构是诗的

拟像，得福的具象，
而拟像是人。春天的珠链，
夏天的花环，秋天的发带，

太阳的复制品，覆盖着岩石。
这些叶子是诗，是拟像，是人。
这些是大地和我们自己的疗愈。

这个断言中，再没有别的什么。
它们绽蕾开花结出果实，一成不变。
它们比覆盖荒凉岩石的叶子意味更深，

它们绽开最白的眼睛，最弱的枝芽，
在感觉中形成新的感觉，
在距离的终点渴望成为

活跃的躯体，根中的心灵。
它们盛开，仿佛生活在爱情里的人。
它们结果，岁月得以知晓，

仿佛它的智慧是棕色的皮肤，
果肉的蜜汁，终极的发现，
岁月和世界的充盈。

在此充盈中，诗造出岩石的意义，
这种混合的运动和想象的意义，
岩石的荒凉变成一千种事物

从而不再存在。这是叶子和大地
以及我们自己的疗愈。
他的话语既是拟像，又是人。

三　夜歌里岩石的形体

岩石是人类生命的灰色特征
他从岩石上爬起来，起身——嗬——
迈步走下更荒凉深处的石阶……

岩石是严峻而独特的空气，
行星的镜子，一块一块，
但通过人类的眼睛，平静的狂诗吟诵者

把岩石变成绿松石，在丑陋的黄昏
明亮的红色紧贴着噩梦；

白昼艰难地显露出来。

岩石是整体的居所,
它的力量和韵律靠近 A 点,
在透视中重新始于

B 点:芒果皮的原点。
岩石上,安静必须引证
安静本身,以及事物的主体,心灵,

人们的起点和终点,
其中包容着空间本身,通向
闭合的门,白昼,白昼照亮的事物,

黑夜,以及黑夜照亮的事物,
夜晚和铸造午夜的芬芳,
岩石的夜歌,一如在生动的睡眠里。

桌上的行星

爱丽儿[1]很高兴写完了他的诗。
写的是一个被人记住的时代,
或是某种他见过并喜欢的东西。

太阳其他的制作
不过是浪费和混乱,
是纠缠一堆的灌木。

他的自我和太阳是一体,
而他的诗,是他自己的制作。
也是太阳的制作。

它们是否存留并不重要。
重要的是在其言辞的贫乏中
它们要具有这座行星的

某些轮廓或特征,以及
某些丰沛,即便仅被半感知到;
它们毕竟是行星的一部分。

---

1 爱丽儿(Ariel),莎士比亚《暴风雨》(*The Tempest*)中的精灵。

康涅狄格州的河之河

在斯提基亚[1]的这边,当你走到
第一座黑瀑布和那片
缺乏智性的树林之前,有一条大河。

在斯提基亚的这边,河中
流动着快乐的河水,
在阳光下闪闪烁烁。岸上,

没有影子在行走。命定的河流,
仿佛最后一条河。没有摆渡的人。
他无法划动汹涌的河水。

无法透过水面看见
河流的传说。法明顿[2]的尖塔
闪耀着,哈德姆在阳光下摇摆。

这是与光和空气的第三种一致,
一门课程,一种活力,本地的抽象……

---

1 斯提基亚(Stygia),即古希腊神话中冥界的憎恨之河(Styx),阴森恐怖,具有魔力。凡人英雄阿喀琉斯出生后就被他妈妈倒提着浸入该河。神灵若是涉过这条河,就会失去神性。
2 法明顿(Farmington),史蒂文斯所在的康涅狄格州的城市。

再一次称它为河,这无名的流动。

盈满的空间,倒映着季节,每种感官的
民间传说;一再地称它为河,
它朝哪里也不流,一如大海。

不是关于事物的观念,而是事物本身

冬天刚刚结束,
三月,外面传来枯瘦的叫喊,
仿佛是他心里的声音。

他知道他听见了那叫喊,
鸟的叫喊,黎明或还要早些,
在初春三月的风中。

太阳六点钟升起,
不再像雪地上破旧的羽饰……
太阳本来就已在外面。

它并非来自睡眠褪色的
纸糊雕塑的辽阔的腹语术……
太阳正从外面进来。

枯瘦的叫喊——那是
唱诗者,他的 c 音先于合唱队。
那是巨大的太阳的一部分,

周围是一圈圈的合唱环音,
依然遥远。仿佛
是对现实新的认知。

生前未发表的诗作

没有吉他的告别

春天明灿的天堂已经到此。
现在千叶之绿落到地上。
告别,我的日子

千叶之红
来到这光的雷闪
在其秋季的终点——

一个西班牙风暴,
一个辽阔、静止的阿拉贡风暴,
马在其中走回家,没有骑马人,

头朝下。冥思和重复,
对曾经的骑士
新鲜感官的吹拂和冲击

是阳刚实在
和另外那位及她的欲望[1]
最后的建构,正如玻璃和太阳。

---

[1] 这里的她指堂·吉诃德追求的美女杜尔西内娅(Dulcinea),而所谓"静止的阿拉贡(Aragonese)风暴"和"阳刚实在",正是堂·吉诃德的浪漫想象和骑士侠义的写照。

病 人

一群群黑人似乎在空中飘荡,
在南方,一群群成千的黑人,
晚上吹口琴,或者现在弹吉他。

北方这里,很晚,很晚,有男声,
合唱声,无言而唱,遥远而低沉,
飘荡的合唱团,漫长的乐章和音的回转。

而在一个房间的一张床上,一个听者
等待飘荡的人群的音乐的齐鸣
以及消解的赞歌,等待并想象

两者一起到来的冬天的词语,
在辽远的房间的天花板上,他躺着,
这个听者,听着影子,看到它们,

从自身,自身内的一切中选出
词语,为了自身的安康,走好,走好,
那些平静、祥和的词语,调和,唱好,说好。

当你离开房间

你讲。你说:今天的人物不是
橱柜中出来的骷髅。我也不是。

那首关于菠萝的诗,关于
从未满足的心灵的那一首,关于

可信的主人公的那一首,关于
夏天的那一首,并非骷髅所想。

我疑惑,我是否过了骷髅的生活,
作为对实在不信者,

世界上所有骨头中的乡下人?
此时,此地,我忘掉了的雪变为

主要实在的一部分,
对实在的欣赏的一部分,

故而是一种上升,仿佛我带着某种
我可以触摸,随意触摸的东西离开。

然而什么都没改变,除了
不实在的事物,仿佛什么都没改变。

一个清净明朗的日子，没有记忆

风景中没有士兵，
没有对已死的人们
五十年前模样的想念，
年轻，活在生动的空气中，
年轻，走在阳光里，
穿着蓝色连衣裙俯身摸东西，
今天心灵不是天气的一部分。

今天，空气中一切都清了。
它没有知识，除了对虚无，
它流淌过我们，毫无意义，
仿佛我们中以前从没有人到过这里
现在不在了：在这清浅的景致中，
这种不可见的活动，这种感受。

地方物品

他知道他是一个没有家园的精魂,
而在这一认知中,地方物品变得
比家里最珍贵的物品还更珍贵:

一个没有家园的世界的地方物品,
没有记忆起的过去,现在的过去,
或现在的未来,在现在的希望中希望,

物品并不理所当然地显示于
天空黑暗的那面,或光明的,
在那个很少有自己的物品的球体里。

为他而存在的不多,除了那少数
新鲜的名字总会出现的东西,仿佛
他创造它们,不让它们消逝

那少数东西,洞察的物品,
感觉的整合,自发出现的东西,
因为他有所欲而不甚知何所欲,

会是经典的、美丽的瞬间。
这些是那种宁静,他一直想接近,
像走向浪漫之外的一个绝对家园。

一个在他生命中睡着的孩子

在你认识的老人中,有一个
无名,在沉重的思绪中
苦思其他所有人。

他们什么也不是,除了在
那个单一心灵的宇宙中。
他外看他们,内知他们,

他们的存是的唯一皇帝,
遥远,却又近到足以
唤醒你今晚床上方的和弦。

艺造人群

他寻觅的中心是一种心态,
如此而已,像放晴后的天气——
哦,不止于此,像放晴时的天气
而两极持续维系它

而东方和西方相拥
形成天气恰当的民众,
玫瑰的玫瑰色男人和女人,
机敏地充当为他们创造的角色。

这个艺造人群犹如
心灵的疾病中的康复点:
像天使停在乡野尖塔上
或者构造的树中那些叶片般的脸——

祝健康——以及夏日夜里的那些脸。
那么风,它深化时的风和晚眠。
以及持续悠长,更有生命的音乐
恰当的民众的族群也一样。

七月山

我们生活在
碎片和凑调的星座里。
不在一个单一的世界里,
音乐里说得好的东西里,
在钢琴上,言语中,
如在一页诗里——
没有终极思想的思想者
在一个总是开始的宇宙里,
就如我们爬山时,
佛蒙特[1]把自己拼凑起来。

---

1 佛蒙特(Vermont),美国东北部的一个州,其名出自法语,意思是"绿山"。

实在是至上想象的活动

上周五,上周五晚上的广阔光芒中,我们
开车回家,从康沃尔到哈特福德,很晚。

这不是在维也纳或威尼斯的玻璃厂
吹出的夜晚,一动不动,收集时间和尘土。

力量被压垮,在消磨的绕圈行进中,
在向西的黄昏星的前沿下,

荣耀的活力,脉络中的闪耀
随着事物涌现,移动,然后消解,

要么在远处,变化中,或者虚无,
夏日夜晚可见的转化,

一种银质的抽象接近形式
突然自我否定而消逝。

有一种固态有非固态浪涌。
夜晚的月光湖既非水,又非空气。

关于单纯存是

心灵尽头的棕榈,
在最后的思绪之外,升起
在青铜装饰里,

一只金羽的鸟
在棕榈中歌唱,没有人的意义,
没有人的感情,一首异域的歌。

那么你知道那不是
让我们幸福或不幸福的原因。
鸟儿歌唱。它的羽毛闪亮。

棕榈站在空间的边缘。
风缓缓在枝条间移动。
鸟儿火造的羽毛垂摆下来。

新版译后记

雅众版史蒂文斯诗选汉译本得名于其晚期名作《最高虚构笔记》("Notes toward a Supreme Fiction")。"诗是最高虚构"(Poetry is the supreme fiction),多年前《高调的基督徒老妇人》开篇早已宣言。那么贯穿史蒂文斯诗学的这一要旨从何而来,意蕴何在?

"最高虚构"观念其来有自,确实有所师承。桑塔耶纳说诗人是"想象的重建者"(rebuilder of the imagination),只有将其全部经验构成"单一交响乐"(single symphony)才算得上"完全的诗人"(complete poet)。[1] 桑塔耶纳说:

> 如果我们抛开言辞表达的局限,将诗想作那微妙的火及内在的光——它有时似乎照穿世界,以不可言说的美触及我们心中的各种形象——那么诗便是灵魂在停滞或冲突中片刻的和谐,——神性的一瞥,宗教生活的激发。宗教是成为生活指南的诗,替代科学并随附为通往最高实在的路

---

[1] George Santayana, *Interpretations of Poetry and Religion* (1900; rpt., Gloucester, MA: Peter Smith, 1969), p. 287.

径的诗。诗是得以漂移的宗教，纵然它没有行为运用点，没有崇拜和教义表达；它是没有实用效益，没有形而上幻觉的宗教。……这更高的层面是有意义想象之域，相关虚构之域，成为对留下的实在的演绎的唯心主义之域。诗上升到其最高力量便同于在其最内在之真中把握的宗教。[1]

史蒂文斯不可能不熟稔桑塔耶纳关于诗与宗教的观点，无论是通过阅读还是面授。"微妙的火"（subtle fire）和"内在的光"（inward light）系想象的传喻，适用于史蒂文斯的诗。神死之后，艺术必须取代神性，接替宗教。神死了，而神性存于人间，在于想象的救赎力。史蒂文斯以诗替代宗教的想法似乎滥觞于桑塔耶纳的看法，至少师生的关注和用词多有重合。史蒂文斯说如果不信仰神——神作为真——那么仅如此还不够，因为人还是得有所信，而人最终必须信仰一种虚构。[2] 终极而达观地看，宗教具有虚构性而与诗和而相通，互为彼此，那么本来就潜在地含有宗教性的诗当然可以成为宗教：诗臻于此便是最高虚构。

"笔记"是复数，"最高虚构"前有不定冠词，两者间有表示朝向的介词，说是最高却并非唯一：最高虚构可以是，必然是复数（supreme fictions）。诗人是神，但任何诗人都绝非唯一神，正如任何诗篇都不是绝对化真（absolutizing

---

[1] George Santayana, *Interpretations of Poetry and Religion* (1900; rpt., Gloucester, MA: Peter Smith, 1969), pp. 289–290.
[2] Letter to Hi Simons dated Aug. 28, 1940, in *Letters*, p. 370.

truth），不可能是《垃圾堆上的人》收尾的双重定冠词"那那"（the the）。从前"最高虚构"前用定冠词，后来写笔记时却用不定冠词。史蒂文斯在信札中反复谈及最高虚构，经常闪烁其词，有时自相龃龉。

史蒂文斯主张"想象作为形而上学"（imagination as metaphysics），但反对将想象等同于浪漫，甚至说必须将浪漫从想象中清除。想象是心灵的自由，其成就在于抽象，然而浪漫之于想象却犹如伤感之于情愫，自累而不能抽象。将想象视为形而上学即视之为生命的一部分，意识到"艺造的弥纶"（extent of artifice）。[1] 史蒂文斯诟病的是特定的浪漫主义者的滥情而陈腐的浪漫，并非广义的浪漫。西方传统形而上学的终极指向是超越的神：形而下的是万物万象，形而上的是唯一神。神是一切之源，存是的基质（hypostasis of being），想象又如何形而上，无异于神？

《星期天早晨》是与一位女士的对话，一开始便描状尘世天堂何其可人。礼拜天她不去教堂，佐证神及其神话已死的文化气候。虽然如此，她问："但当鸟儿飞去，温暖的田野 / 也不再回来，那时何处是乐园？"她还想要宗教许诺的永不消逝的赐福，而回答是一成不变的天堂远不及万象更新的世界：唯因死亡——"美的母亲"（mother of beauty）——才有新生，源源不断的美：诗作为想象的艺术蕴含死亡与生命，奠定想象的形而上地位。组诗收结于鸽子"展开双翼，沉入黑暗"：那是想象的翅膀，自由的翅膀。

1　See Wallace Stevens, "Imagination as Value", *NA*, pp. 138–140.

美终于死亡，始于死亡。

普鲁斯特《追寻失去的时间·女囚》：

> 有双翅膀，换个呼吸系统可以让我们穿越浩瀚空际，却对我们于事无补，因为如果我们带着同样的感官到火星或金星，它们会以地球事物的面貌笼罩我们能看到的一切。唯一真正的旅行，唯一的青春之浴（bain de Jouvence）并非走向新的风景，而是拥有不同的眼睛，以其他——上百个其他——眼睛看宇宙，看它们每个都看到的一百个宇宙，它们每个都是的宇宙；而这点我们可以随一个埃尔斯蒂尔（Elstir），随一个梵特耶（Vinteuil）做到；随其同侪，我们真的从星辰飞向星辰。[1]

史蒂文斯说："舌头是一只眼睛。"[2] 怎么说其实是怎么看，看法隐含于言辞。同样可以说：眼睛是一双翅膀，不同的眼睛带人飞往不同的世界，最高虚构的世界。说到最高虚构，史蒂文斯每每欲说还休，但明确提出三大原则：必须抽象，必须变化，必须给予快乐。

史蒂文斯所谓"抽象"（abstract）具有特定含义，绝非简单地像抽象画那样。相较而言，哲学抽象，文学具象。

1　Marcel Proust, À la recherche du temps perdu, vol. 12: *La Prisonnière* (Paris: Gallimard, 1946), p. 69.
2　"The tongue is an eye." Wallace Stevens, "Adagia", *Opus Posthumous: Poems, Plays, Prose*, ed. Milton J. Bates (New York: Vintage Books, 1990), p. 167.

名诗题目"秩序的概念,在基韦斯特"(The Idea of Order at Key West)前半部抽象,后半部具体,在英语中这种对比更为强烈,因为"基韦斯特"即"西屿"之义,而且有热带珊瑚礁的联想。诗人是混沌的鉴赏家,以暴力让失序的有序,有序的失序。[1] 正如抽象艺术,最高虚构并非模仿式再现(mimetic representation),但却可以高度感性而具象,寓理性于其中。史蒂文斯以抽象为最高虚构第一要义,到底在说什么?

首先,抽象是对实在的抽象。抽象犹如去除表象,回归元象,而元象——"第一观念"(first idea)——却必然是想象出的文象(figure)。史蒂文斯说如果去掉其上历代积累的东西来看一幅图画,那便是观其"第一观念"。[2] 一尘不染的观念已经是,必然是虚构。"却如此有毒,对真本身/如此致命,第一观念/成为诗人传喻里的隐士"(《最高虚构笔记》)。真被荼毒,戕贼,然而第一观念隐居于诗人的传喻,成为传喻的真的奥援。传喻的真是虚构的真,似乎不合逻辑,却沟通想象与实在。举个通俗的例子,将一个女人说成玫瑰、祸水、母老虎或欲望之火——第一次这么说时这种传喻是诗——既主观又客观,不真而真,不失为两者的统一。

史蒂文斯修正意象主义"事物之外别无观念"(No ideas but in things)的信条,将之变为近于象征主义的提纲性标题:不是关于事物的观念,而是事物本身(Not Ideas

---

[1] See Wallace Stevens, "Connoisseur of Chaos", *CP*, pp. 215–216.
[2] See Letter to Henry Church dated Oct. 8, 1942, in *Letters*, pp. 426–427.

about the Thing but the Thing Itself)。虚构之物直接是物，而非描述或再现之物：这是想象的形而上学，彰显最高虚构标榜的抽象。"蓝色吉他"（blue guitar）融合音乐与绘画，难道不是想象进行的抽象？英语"虚构"（fiction）衍生自拉丁语"制造"（facere），其共同远源则是原始印欧语"形塑"（*dheigh-）。最高虚构化虚为实，与本义为创造的诗（poetry）若合符节。语言已经是世界的抽象，从自然、社会到内心。化繁为简，不妨这么说：抒情化转向（lyricization turn）是浪漫主义诗的标志，抽象化转向（abstraction turn）是现代主义诗的标志。

为何必须变化？"我直呼你的名字，我的绿，我流动的世界"（《最高虚构笔记》）。"绿"是实在，"流动的世界"是想象的世界，史蒂文斯用西班牙语"世界"（mundo）。史蒂文斯诗中蓝色是想象之色，绿色是实在之色。"如果春天的所有绿都是蓝，而它确实是。"[1] 绿居然是蓝：这是梦呓吗，还是必然？"士兵，有一场战争，在心灵和天空之间，/在思想和白昼和夜晚之间。"想象与实在之间有战争，永不停止的战争。女人不只是玫瑰等等，她可能是别的无数东西，在意想之外：传喻是这场持久的战争中短暂的媾和。"你本可说蓝冠鸟猝然/扑向大地？那是一个轮子，太阳/周围的光芒。神话灭，轮子存。"[2] 绿色抗拒不了蓝色，而史蒂文斯说的太阳轮犹如密乘所谓时轮（kālacakra），流转不息，正

---

[1] "If all the green of spring was blue, and it is." Wallace Stevens, "Connoisseur of Chaos", *CP*, p. 215.
[2] Wallace Stevens, "The Sense of the Sleight-of-hand Man", *CP*, p. 222.

如不断变化的流动的世界。

《秩序的概念,在基韦斯特》:

> 她是她在其中歌唱的世界里
> 唯一的艺造者。当她歌唱时,无论
> 大海有怎样的自我,都变为她歌曲
> 所是的自我,因为她是创造者。

那位女郎唱着歌,走在海边,歌声与大海交融:她的歌声终于哪里,那个大海始于何处?歌者作为"艺造者"(artificer)以歌声和歌词创造世界即以想象和艺术(per artem)创造世界:她歌唱时,大海之我成了歌曲之我。人的世界是艺造物(artefact),正如大海。世界并非一成不变,一劳永逸的世界:世界的可能性在于想象的可能性,见于诗的抽象和变化。"实在之外/我们别无所求"(《纽黑文一个寻常的黄昏》)。史蒂文斯的诗学与其说是存是的诗学(poetics of being),毋宁说是进入存是的诗学(poetics of coming-into-being),关乎存是的语言和语言的存是。

艾略特赞赏瓦莱里以"梦"(le rêve)取代"灵感"(inspiration),认为这是对作诗的浪漫态度的矫正。[1] 灵感外来而梦自发,故而诗人是主体而非介体(medium),得对自己的诗作负责。史蒂文斯是梦者,梦见狒狒和玉黍螺,乃至会在红色天气里捕捉老虎。他很早便对达达主义

---

1 See T. S. Eliot, Introduction, in Paul Valéry, *The Art of Poetry*, tr. Denise Folliot (Princeton: Princeton University Press, 1958), p. xii.

（Dadaism）和超现实主义（Surrealism）感兴趣，但认为诗的想象不可脱离实在，而超现实主义病在有发明而无发现。他说："让蛤蜊弹手风琴是发明而非发现。"[1] 他认为对无意识的观察——如果这可能——应当揭示人们从前未曾意识到的事物，以及它们之间的关系。既发现又发明是传喻的本质，使机智（wit）富于理趣及辩证张力（dialectical tension），可谓最高虚构的非逻辑逻辑（alogical logic）。

史蒂文斯的《格言》（"Adagia"）：

> 实在是陈词，我们凭借传喻从中逃离。只有在传喻的国度我们才成为诗人。
>
> 传喻的程度：绝对客体稍微一转便是该客体的传喻。
>
> 有些客体比其他客体更难传喻。整个世界比一个茶杯更难传喻。[2]

史蒂文斯以诗人为不可见之域的教士，认为当传喻创造新的实在，先前的实在反倒显得不实在。传喻必然浪漫，因为传喻是不安分的表达，有梦的逻辑而不拘于现存的框架和界限，挑战已建立的关系和范畴。史蒂文斯接着说：

---

[1] "To make a clam play an accordion is to invent not to discover." Quoted in Susan Rosenbaum, "Exquisite Corpse: Surrealist Influence on the American Poetry Scene, 1920–1960", in *The Oxford Handbook of Modern and Contemporary American Poetry*, ed. Cary Nelson (Oxford: Oxford University Press, 2012), p. 283.
[2] Wallace Stevens, "Adagia", *OP*, p. 179.

> 没有传喻的传喻这回事。人并不传喻。因此实在是每个传喻不可或缺的元素。当我说人是神，很容易看到如果我也说神是别的东西，神已变为实在。诗寻觅人们与事实的关系。想象是人高于自然的力量。[1]

中国、印度和希腊哲学中终极的实在被分别喻为"道"、"梵"（brahman）和逻各斯（λóγος），足见形而上学有赖传喻。它们是存是论传喻（ontological metaphor），根传喻（root metaphor），来之不易。《老子》："吾不知其名，字之曰道，强为之名曰大。"不知其名而名之，"道"是非常名，传喻名中的强喻名（catachrestic name）。传喻无所不在，但却没有传喻的传喻，否则便一切虚而不实。人不能穿过传喻即人不能超越传喻，超越语言：传喻是实在的一部分，正如实在是传喻的一部分。希伯来语同一词根达巴勒（רבד）既指言，又指物。《圣经·创世记》中上帝以达巴勒创世即以言创世，诗人同样以言造世。

必要的天使（necessary angel）既是想象，又是实在。实在是想象之源：没有实在，想象便没有参照，丧失根本，不知何来，不知何往。"想象的/依赖实在的。这是变化的起源"（《最高虚构笔记》）。想象的本分不在于自绝于实在，而在于以传喻转变实在，更新世界。"然而我是大地必要的

---

[1] Wallace Stevens, "Adagia", *OP*, p. 179.

天使，/ 因为在我所见中，你再次见到大地。"[1] 实在与想象相互依存，而诗正出于两者之间的往来与互动。想象是实在的天使，反之亦然。想象与实在此中有彼，彼中有此，由是而生史蒂文斯悖论（Stevens's paradox）：想象既不等于却又等于实在。[2] 想象相对于，绝对于，等同于实在：史蒂文斯悖论是想象与实在悖律（imagination–reality antinomy）。史蒂文斯悖论居于史蒂文斯诗学核心，构成最高虚构原理。

至于给予快乐，诗是至善，应该帮助人们在无神的时代更好地生活。诗造极于最高虚构：唯其抽象，诗能变化；唯其变化，诗能给予快乐。史蒂文斯认为神只是其所指的一个象征，可以其他形式出现，比如诗。

史蒂文斯在哈佛求学时常听到一种说法，说所有的诗都写完了，所有的画都画过了。美国诗歌的黯淡与哲学的璀璨在这一时期恰成对照，犹如大空白（big blank）之于大爆炸（big bang）。[3] 若如此，写诗只是徒劳。虽然在这种眼界的展望之外，诗尚有得写，画还有得画。史蒂文斯说"诗"（poetry）见于词语，见于画作，见于普鲁斯特的散文中。[4] 诗不一而足，不限于韵律意义上的诗（verse）。"我们都是诗人，虽然我们当中写诗的人不多。"一部后现代小说叙事

---

1 "Yet I am the necessary angel of earth, / Since, in my sight, you see the earth again." Wallace Stevens, "Angel Surrounded by Paysans", *CP*, p. 496.
2 Cf. Letter to Hi Simons, dated Aug. 10, 1940, in *Letters*, pp. 363–364.
3 See Frank Lentricchia, "Philosophers of Modernism at Harvard, *circa* 1900", *Modernist Quartet* (Cambridge: Cambridge University Press, 1994), p. 3.
4 See Wallace Stevens, "The Relations Between Poetry and Painting", in *Poets on Painters: Essays on the Art of Painting by Twentieth-Century Poets*, ed. J. D. McClatchy (Berkeley: University of California Press, 1988), pp. 110, 116.

者说。[1]有想象的创造便有诗，不限于分行的文字。

史蒂文斯的诗是不断的遐想，沉思及臆观，行进中不懈的虚构。"从东方而来的是尤利西斯吗，/那个永恒的漫游者？"（《世界作为冥想》）。无尽的历险者，这多少像是史蒂文斯的自我写照。荷马的奥德修斯（Odysseus）回到故里，与妻子珀涅罗珀（Penelope）相聚，而史蒂文斯的尤利西斯（Ulysses）却浪迹不断，因为尤利西斯和珀涅罗珀已象征化为彼此的世界及对彼此的冥想，故而尤利西斯是无尽的织者（Penelopizer），珀涅罗珀是无尽的行者（Ulyssesizer）。

"一支蜡烛的学者看到/北极的光辉爆发在/他所是的一切的框界上。他感到恐惧"（《秋天的极光》）。相对于天际腾跃闪亮，壮烈炫耀的北极光，一支蜡烛的学者显得渺小黯淡，震慑于恐怖的力量。"因为美不过是/恐怖的开始，我们勉强能承受，/而我们惊奇不已"（里尔克《杜伊诺哀歌》）。[2]作为"恐怖的开始"（des Schrecklichen Anfang），美指向形而上崇高（the metaphysical sublime）。秋天的极光之美却昭示自然的崇高（the physical sublime），预示死亡的到来。诗的非个性观念强烈地反浪漫主义，将注意力从诗人身上转移到诗本身。无奈暮年已至，岁月迫人，从不在诗中显身的史蒂文斯终于以戏剧角色登场。

有汉学家认为中国诗传统上强于涉喻和联想，弱于传

---

1 "We are all poets, though not many of us write poetry." John Fowles, *The French Lieutenant's Woman* (Boston: Little, Brown and Co., 1969), p. 339.
2 Rainer Maria Rilke, *Duineser Elegien*, die erste Elegie.

喻和替代，具有非虚构性（nonfictionaltiy）。[1] 古代中国崇尚言志而非虚构的诗，虚构性戏剧和小说反而文学地位颇为卑鄙。总体说来，汉语旧体诗是涉喻诗（poetry of metonymy）而非传喻诗（poetry of metaphor），与史蒂文斯的最高虚构恰成相隔遥远的两极。现代主义英语诗中，史蒂文斯诗学侧重传喻诗学（metaphoric poetics），庞德诗学偏向涉喻诗学（metonymic poetics）；这与庞德受汉字、汉诗影响有一定关系。另一方面，艺造世界由语言造成："它到它的终点都是一个词语的世界，其中没什么坚实的是它坚实的自身。"[2] 公孙龙《指物论》："物莫非指，而指非指。"这是称指性悖论（paradox of referentiality），指向符号的自我称指虚构性（self-referential fictionality）：语言已经是虚构。

与初版相较，这一版作了一些校订并广泛地收录了更多史蒂文斯的诗作，尤其是晚期诗作和部分遗作。最重要而且会持续重要的史蒂文斯是《最高虚构笔记》及此后一系列长诗和晚期抒情诗的诗人，布鲁姆（Harold Bloom）如是判断。[3] 史蒂文斯早期的诗当然有其独特的魅力和价值，而晚期诗作愈发体现布鲁姆标举的美国奥尔弗斯主义（American Orphism）。如果说早期的短诗常像谜，晚期的

---

[1] See Stephen Owen, "Transparences: Reading the Tang Lyric", *Traditional Chinese Poetry and Poetics: Omen of the World* (Madison: University of Wisconsin Press, 1985), pp. 54–77.
[2] "It is a world of words to the end of it, / In which nothing solid is its solid self." Wallace Stevens, "Description without a Place", *CP*, p. 345.
[3] See Harold Bloom, *Wallace Stevens: The Poems of Our Climate* (Ithaca, NY: Cornell University Press, 1977), p. 115.

长诗就是迷宫了。虽非全集，这一版更能展示史蒂文斯的诗艺特征、诗学理想和诗风演变。在此我们要特别感谢雅众文化，尤其是方雨辰女士。

当代科学中的模拟假说（simulation hypothesis）认为宇宙——多重宇宙（multiverse）——是一场模拟，是人类认知之外的高度文明创造出的虚拟实在。这既不能证真，也不能证伪；然而这个世界对人们而言——用史蒂文斯的话来说——已经"足够"（suffice）。天外有天：作为最高虚构，诗才真的足够？

2023 年 3 月

图书在版编目（CIP）数据

最高虚构笔记：华莱士·史蒂文斯诗精选 /（美）华莱士·史蒂文斯著；西蒙，水琴译. -- 北京：北京联合出版公司, 2025. 7. -- ISBN 978-7-5596-8326-7

Ⅰ . I712.25

中国国家版本馆 CIP 数据核字第 2025YF6241 号

最高虚构笔记：华莱士·史蒂文斯诗精选

作　　者：[美] 华莱士·史蒂文斯
译　　者：西　蒙　水　琴
出 品 人：赵红仕
策划机构：雅众文化
策 划 人：方雨辰
责任编辑：龚　将
特约编辑：简　雅　拓　野
装帧设计：方　为

北京联合出版公司出版
（北京市西城区德外大街83号楼9层　　100088）
北京联合天畅文化传播公司发行
山东临沂新华印刷物流集团有限责任公司印刷　　新华书店经销
字数260千字　　1092毫米×860毫米　　1/32　　15印张
2025年7月第1版　　2025年7月第1次印刷
ISBN 978-7-5596-8326-7
定价：82.00元

版权所有，侵权必究
未经书面许可，不得以任何方式转载、复制、翻印本书部分或全部内容。
本书若有质量问题，请与本公司图书销售中心联系调换。电话：（010）64258472-800